EL BARCO DE VAPOR

De todo corazón

111 poemas de amor

Selección de José María Plaza

sm

elbarcodevapor.com

Primera edición: abril 1998
Decimonovena edición: mayo 2008

Dirección editorial: Elsa Aguiar

Impresores, 2
Urbanización Prado del Espino
28660 Boadilla del Monte (Madrid)
www.grupo-sm.com

ATENCIÓN AL CLIENTE
Tel.: 902 12 13 23
Fax: 902 24 12 22
e-mail: clientes@grupo-sm.com

ISBN: 978-84-348-6733-8
Depósito legal: M-20231-2008
Impreso en España / *Printed in Spain*
Orymu, SA - Ruiz de Alda, 1 - Pinto (Madrid)

Para Laura Wins
y sus amigas de Pamplona y Madrid.

J. M. P.

Para Tristán y Cósima.

Á. R. de la P.

HISTORIAS DE AMOR Y POESÍA
(UNA INTRODUCCIÓN)

1. UNA MISMA ADOLESCENCIA

Una joven, que estaba en esa edad adolescente en la que se empieza a descubrir el mundo y el corazón, un buen día encontró un poema —probablemente de amor— que la sorprendió, le gustó..., acaso le abrió horizontes. Supuso todo un hallazgo y una emoción nueva. Seguramente era el primer poema que leía de forma voluntaria. Anteriormente ya había memorizado versos para recitar en clase o trabajado con ellos como objeto de estudio lingüístico, pero ignoraba que existieran poemas al margen de la asignatura de lengua. Fue todo un descubrimiento, que al principio la desconcertó. Nunca había imaginado que le pudiese apetecer leer poemas por sí misma. Pero aquel texto, que había encontrado casi por casualidad, le gustó. Así que, ese buen día, me dijo: «¡Mira!». Miré. Allí estaba aquel poema, que sostenía entre sus manos temblorosas, como si fuese un gorrión asustado.

«Sí. Es bonito», le contesté. Se trataba, efectivamente, de un poema de amor.

«¡Quiero más!».

«¿Qué?», dije, sorprendido.

«¡Quiero más poesías como ésta!».

El poema en cuestión, que aquí se reproduce, no figura en ninguna selección rigurosa, canónica, repetitiva de *Las me-*

jores poesías, ni pertenece a uno de los autores más importantes de la historia de la literatura; tampoco es muy original, ni asombra por sus imágenes.

Pero ese poema tenía —tiene, tuvo en ese momento— algo muy superior: fue capaz de emocionar, de enganchar, de arrastrar a la poesía a alguien para quien la poesía apenas si era, hasta entonces, un jeroglífico, una pequeña tortura escolar, no muy distinta a la de un complejo problema matemático.

«¡Quiero más!», repitió.

Y me asusté.

Rebusqué en mi amplia biblioteca poética y, finalmente, no le entregué ningún libro. Era, más que temerario, un arma de doble filo.

Sabía que en ciertos libros podría hallar dos o tres poemas sueltos que tal vez le gustaran y alentasen su incipiente afición poética; pero sabía también que junto a estos poemas habría cuarenta o setenta sin ningún interés para ella, que, probablemente, mermarían su ocasional y todavía frágil devoción por la poesía.

Recuerdo que cuando era aún estudiante de Bachillerato compré *Las cien mejores poesías líricas de la lengua castellana* y *Antología de la poesía romántica española.* Fueron los dos primeros libros que adquirí con mi propio dinero. Aún no he olvidado aquella sensación: impaciente, empecé a hojearlos, me sumergí en sus páginas una y otra vez, ansioso, confuso, y muy pronto me llegó el desencanto.

«¿Qué he comprado?», me reproché en aquellos momentos.

«¿Qué me esperaba?», digo ahora.

Me sentía timado. Así de claro. Había poemas muy largos, con historias absurdas, que mejor hubiese sido que los autores contaran en prosa (eso pensé entonces). Y había otros que estaban llenos de referencias extrañas, que me dejaban tan confuso como frío; al margen de otras dificultades de contenido y estilo.

De aquellos dos centenares de poemas, apenas si subrayé unas pocas rimas de Bécquer, algún poema muy sonoro de Espronceda, romances aislados, dos o tres sonetos que medio entendía y versos sueltos. Nada más.

Pero no me eché atrás. Mi afición por la poesía era profunda; así que proseguí buscando, rebuscando a contracorriente. En cada libro hallaba, con suerte, algunos poemas aislados que me interesaban. Los demás, sobraban. Los veía como una especie de hojarasca incómoda por la que debía internarme para llegar a mis poemas favoritos. Era como superar la prueba del laberinto.

En fin, ¡recuerdos de juventud!

Pero ¿por qué te hablo de todo ello?, te preguntarás.

No es mi intención contarte mi vida. Sin embargo, estas dos anécdotas personales tienen mucho que ver con el libro que tienes entre tus manos. En ellas está su origen. Ya ves: dos historias paralelas y separadas por muchos años —que representan una misma adolescencia— se han juntado en el tiempo y en el espacio.

Cuando aquella muchacha, que es mi hija, me dijo: «¡Quiero más poesías como ésta!», busqué el libro que me pedía, y al darme cuenta de que no existe (al menos, yo no lo conozco), se me ocurrió realizar esta antología.

Quería que fuese un libro diferente, tanto por la orientación de los poemas como por sus ilustraciones. Y llamé a Ágatha Ruiz de la Prada, una diseñadora de moda con un tipo de ropa original para adultos, deliciosa para niños, y fresca y divertida para los jóvenes. Aunque en España hay excelentes ilustradores de prestigio internacional, Ágatha, que tiene ese perfume atrevido del corazón fucsia, era la persona adecuada para llenar de corazones un libro de poemas de amor nada convencional ni académico, que se ha de leer por placer, llevar con orgullo, como una conquista, y paladear despacio.

Los editores, por otra parte, apoyaron esta idea osada con mucho cariño, y aquí está, por fin, ese libro, que es el que me habría gustado tener cuando yo era un adolescente confuso y soñador que empezaba a aficionarse a la poesía y al amor.

Me ilusionaba que llegara el día en que pudiese decir a aquella joven entusiasta y desorientada: «¡Toma, aquí está el libro que me has pedido!».

Posteriormente, en mi encuentro con cientos de chicos y chicas de varios colegios, he comprobado que, sin pedírmelo expresamente, ellos también lo estaban esperando. Gracias.

2. ¡La poesía, tan útil!

Después de lo que has leído ya en este prólogo, no te ha de resultar extraño que te diga que éste es un libro de poemas, no de poetas.

No he intentado hacer una especie de antología de la poesía contemporánea más o menos accesible. Mi propósito es más simple y, a la vez, más arriesgado: ofrecer una serie de poemas de amor que te pudiesen interesar a ti y a los que son como tú, jóvenes que estáis descubriendo el amor y, posiblemente, la poesía.

Por lo general, he buscado poemas sencillos, inmediatos, eficaces, deslumbrantes; poemas que provoquen al leerlos un espontáneo «¡Qué bonito!». Y contagien. Es decir, poemas que aficionen a la poesía a lectores ajenos, que andan —como se anda a esas edades— dando vueltas por la vida, mirando a todos los lados en un estado confuso en el que se demandan luces, agarraderos, puertas, señales, sentimientos; tentando caminos...

No ha sido fácil la labor que he realizado al filo de la navaja. Y me explico. Cuando descubres un poema que te gusta, lo habitual es que te animes a seguir adelante; pero si tropiezas con poemas que no te dicen nada, no entiendes, no te emocionan o simplemente te aburren, seguramente te echarás atrás y, ¡quién sabe!, tal vez le des la espalda a la poesía.

Y la poesía es hermosa, necesaria. Y útil.

«¿Útil?», te preguntarás, asombrado. Parece que no encajan estas dos palabras: «utilidad» y «poesía». Pero no lo creas; eso es un concepto erróneo, un prejuicio heredado. Leer poesía puede servirnos para alimentar nuestra ilusión, aliviar un desencanto, reconocernos en un dolor ajeno —y no vernos tan solos o desesperados—, para comprender o reforzar todo tipo de sentimientos...

Escribir poesía es aún más útil. Nos puede servir para

conquistar (o intentarlo) a la persona amada, para no volvernos locos de dolor ante un desengaño —es decir, como un paño de lágrimas—, para echar afuera —e iluminar— nuestras propias dudas y zozobras existenciales o sentimentales... En fin, ¿para qué seguir?

Personalmente, la poesía me ha servido, incluso, para aprobar las asignaturas con más facilidad. Pero ésa es otra historia...

Recuerdo que mis primeros contactos con la poesía no fueron tempranos ni íntimos. En clase circulaban unos versos humorísticos, que eran una parodia de la historia y de los conocimientos hasta entonces aprendidos: «Cuando el duque Salomón / escribió *Don Juan Tenorio...*». Así empezaba aquel largo poema, que nos parecía muy divertido, distinto a los de los libros, y que todos comenzamos a imitar, a «mejorarlo» con nuestras propias ocurrencias.

Después llegó el amor: el enamoramiento, los juegos de miradas y de palabras. Y no sé cómo, apareció en mi vida un poema que me marcó y me hizo pensar que la poesía era «una cosa seria», «interesante», algo «con posibilidades».

Enseguida lo memoricé, y lo recitaba orgulloso en cualquier ocasión, produciendo siempre el mismo asombro. Éste es el poema:

Quiero y no quiero querer
a quien no queriendo quiero.
He querido sin querer
y sigo, sin querer, queriendo.

Si porque tú me quieras
quieres que te quiera más:
te quiero más que me quieres,
¿qué más quieres?, ¿quieres más?...

Ya ves cómo de una forma tan circunstancial me aficioné a la poesía. Después aprendí otros poemas, en la misma línea, donde también se hacían juegos de palabras estimulantes; como en aquel, mucho más conocido, que decía: «No me mires, que miran / que nos miramos. / Miremos la manera / de no mirarnos. / No nos miremos, / y cuando nadie nos mire, / nos miraremos».

Y hay más, pero no me quiero ir por las ramas.

Con este libro de poemas de amor que tienes entre las manos pretendo que disfrutes y que te aficiones a la poesía. Pero eso no es todo. También me gustaría que descubrieras autores con los que puedas sintonizar de una forma especial; que una vez conectado a la poesía, prosigas con obras más complejas, llenas de oscuros fuegos que no deslumbran de forma tan inmediata, pero cuyos rayos llegan más lejos y permanecen durante largo tiempo, a veces, toda una vida; que estos poemas —pretendo— te reconforten o iluminen, aunque sea un poco, en ese mundo confuso de los sentimientos, donde todos somos siempre aprendices; y, sobre todo, que te sean útiles.

Ya ves como volvemos de nuevo al tema de la utilidad.

«¿Qué es un poema útil?», te puedes preguntar.

Me explicaré con otro ejemplo personal.

Como autor de novelas (de amor) para adolescentes, suelo visitar con frecuencia colegios, donde los alumnos que han leído mis libros me preguntan todo lo que se les ocurre. Suele ser un diálogo muy positivo, tanto para mí como —espero— para ellos. A veces, y una vez concluido nuestro encuentro, hay estudiantes que se acercan para contarme su caso individual, muy parecido al que describo en la novela *No es un crimen enamorarse*; es decir, un chico está enamorado de una chica de su colegio (o viceversa), pero no se atreve a decírselo, no sabe cómo abordarla para contarle lo que siente...

Pues bien, a estos alumnos espontáneos que a veces vienen a hablar conmigo les sucede lo mismo: «¿Qué le puedo decir a esa persona que me quita la razón, el tiempo, la vida, y no hago más que pensar en ella y estar pendiente de sus movimientos...?», «¿Qué le puedo decir y cómo?», se preguntan, y me preguntan.

«¿Por qué no me escribes algo para que yo se lo mande?», me comentan los más osados o desesperados.

Por este motivo he incluido aquí ciertos poemas cuya razón de ser —«razón de amor»— es la de servir de apoyo, muestra, referencia o calco para expresar esos sentimientos que nos suelen dejar inmovilizados y con la mente en blanco, y que, si te das cuenta, son universales, no cambian ni en el tiempo ni en la distancia.

3. Demasiado amor, amor

En el principio fue el Verbo, ya sabes. Y el amor. Desde el principio de los tiempos se han escrito poemas de amor en todas partes del mundo (*El cantar de los cantares*, de Salomón, que está en la Biblia, es uno de los más bellos). Un horizonte demasiado amplio en el que fijarnos. Así que ha sido necesario acotar, delimitar.

Para realizar esta antología me he impuesto dos límites, uno geográfico y otro temporal:

— Poemas escritos en castellano, con el fin de evitar la traducción y que se desvirtúe la idea original. Sus autores son, por tanto, españoles o hispanoamericanos.

— Poetas del siglo XIX y XX. Las obras anteriores a estas épocas no son las más accesibles para los que empiezan a descubrir la poesía, y su efecto puede ser contraproducente.

Hay excepciones, como el famoso *Madrigal* de Gutierre de Cetina: «Ojos claros, serenos...» (que aquí está glosado por Campoamor), pero son casos aislados. Normalmente, y para los incipientes lectores de hoy, resultan poemas difíciles: en castellano antiguo, con tremendos hipérbatos y oscuras referencias culturales, sociales, políticas y hasta mitológicas..., por más que estén escritos por los grandes poetas del Siglo de Oro español, de Garcilaso a Quevedo; pero esto forma parte de la historia de la literatura y no de la intención de esta obra.

Como es una antología de poemas para adolescentes, y no de poetas, no te ha de sorprender no hallar en sus páginas textos de grandes autores contemporáneos, de aquellos que aparecen con letra grande y larga parrafada en tus manuales escolares. Hay poetas inmensos que aquí no figuran. Baste un ejemplo: Vicente Aleixandre, pilar de la Generación del 27 y uno de nuestros cuatro premios Nobel, publicó en los años treinta dos espléndidos libros amorosos, *Espadas como labios* y

La destrucción o el amor; pero ambos volúmenes están integrados por poemas oscuros, complejos, que requieren una preparación lectora previa, una evolución y un largo aprendizaje, exactamente lo mismo que sucede con el arte abstracto o la música clásica. Así que Aleixandre, al igual que una parte de esa importante generación poética, no aparece en estas páginas. Por el contrario, te puedes encontrar con poemas de escritores de principios de siglo que no figuran siquiera en la letra pequeña de las historias de la literatura, o con versos de autores mexicanos o ecuatorianos que no son conocidos ni en su propio país.

Y es que es así el espíritu de esta antología: manda el poema; un poema que ha de reunir unas características muy concretas, porque está pensado para que lo leas tú, y otros lectores que son como tú, y estáis descubriendo la poesía y el amor...

Como anécdota complementaria, te diré que en estas páginas se incluye el que probablemente sea el mejor poema de amor en castellano del siglo XIX: «Volverán las oscuras golondrinas...», de Gustavo Adolfo Bécquer; y también el poema más popular —no el mejor— de este siglo: «Puedo escribir los versos más tristes esta noche...», de Pablo Neruda. Ambos son los autores de dos libros universalmente famosos: *Rimas* y *Veinte poemas de amor y una canción desesperada*, respectivamente, y los poemas citados cierran, simbólicamente, la primera y la segunda parte de este libro.

Para concluir la tercera parte no he hallado ningún poema que sea considerado unánimemente como el gran poema de amor de las últimas décadas, así que me he decidido por una apuesta muy personal: «Canción», del poeta sevillano, residente en Madrid, Rafael Montesinos. Este poema, que muestra un escepticismo que no es propio de los adolescentes —y de hecho lo escribió a los veintiséis años—, está muy ligado a mi juventud.

Cuando yo era joven, y los demás me sabían poeta, me solía ver envuelto en ciertas situaciones sociales, en las cuales se me pedía que recitara un poema. Como tenía demasiado pudor, en lugar de atacar a mi improvisado auditorio con mis propias zozobras sentimentales, me sacaba de la manga y de la memoria este hermoso poema, que producía admiración y asombro, especialmente al llegar a la penúltima estrofa:

Me muero porque me quieran,
pero nunca lo diré.
Y después de todo, ¿qué?
¿Morir para que me quieran?
¿Que me quieran? ¿Para qué?

4. Una selección consultada

Este libro, como has podido apreciar, está dividido en tres partes, más o menos cronológicas: la primera abarca casi todo el siglo XIX, con el Romanticismo y el Modernismo como tendencias dominantes; la segunda transcurre entre los últimos años del pasado siglo y la década de los cuarenta, y la tercera comprende el último medio siglo. La división es aproximada, ya que hay poetas de larga trayectoria, o que vivieron en periodos intermedios, que se podrían haber incluido en dos de los apartados indistintamente.

A pesar de los miles de poetas vivos, y de la facilidad para disponer de sus obras, ha sido la última parte la más complicada; y es que en esta época —al margen de los sonetos— predomina el verso libre, que no es el más adecuado para los que están empezando a leer poesía. Además, suelen ser textos oscuros, culturalistas, de tono irónico y referencias minuciosamente personales, casi documentales, sobre el propio poeta y sus circunstancias... Tales características los alejaban del espíritu de nuestro libro.

La selección de los poemas de esta antología ha sido, al mismo tiempo, personal y compartida. Quiero decir que partí de una muestra muy amplia de posibles textos, de donde elegí directamente unos pocos, a los que tenía un cariño especial o consideraba fuera de toda duda. El resto de los poemas han sido seleccionados por los lectores naturales de esta obra; es decir, por ti u otros que son como tú.

La operación fue sencilla gracias al entusiasmo de algunos profesores —militantes de la literatura— a los que quiero agradecer su esfuerzo y dedicación.

Debidamente numerados y sin firma alguna, para que nadie se dejara influir por el nombre del poeta, les entregué cuatro centenares de poemas, con el fin de que los distribuyesen entre sus alumnos —o los trabajaran en clase—, de modo que cada estudiante me indicara los poemas que más y menos le habían gustado. Contabilizar los resultados ha sido la labor más pesada, pero ha merecido la pena y te puedo asegurar que me he llevado sorpresas.

Por lo general, han gustado más los poemas breves, sencillos, directos, aquellos que se entienden fácilmente y con los que chicos y chicas se pueden identificar. Ha habido un cierto rechazo hacia la poesía grandilocuente del Romanticismo, y también hacia muchos textos actuales de verso libre: «No parece un poema», decían los lectores.

Te transcribo algunos comentarios que considero significativos del tono general: «No me gusta, porque no saco nada en claro», decía una joven ante un poema lleno de musicalidad, imágenes y paralelismos. Como ves, no soy sólo yo el que defiende la utilidad de la poesía. Y es que es importante poder implicarse: «Me interesa porque los dos se quieren y no se atreven a decirlo», señala una chica. Y su compañero afirma: «Es fácil de entender, cosa que se agradece».

Una estudiante de Pamplona intenta poner el dedo en la llaga, a propósito de un poema: «Me ha gustado —dice— porque el autor reconoce la verdad que muchos hombres no quieren reconocer: que no se puede vivir sin amor».

Me ha llamado la atención la buena acogida que han tenido los dos poemas —muy largos— de Ricardo Molina —«Son como una pequeña historia», comentó alguien—, e incluso el más difícil de Luis Cernuda; versos que a alguien como tú le han movido a esta reflexión: «Creo que estar enamorado es una forma más de vivir la libertad». Y me ha sorprendido, hasta cierto punto, la unánime aceptación de otros poemas —bastante tópicos, pero efectivos— de autores que siguen siendo desconocidos.

Por lo general —y te quiero hablar de las sorpresas—, Rubén Darío ha tenido una tibia aceptación; y Bécquer y Neruda no han arrasado, como esperaba, y aunque algunos de sus poemas se han destacado fácilmente, otros han sido rechazados «por exagerados» o porque eran «difíciles de entender».

A grandes rasgos, los poemas preferidos han sido los que hacen referencia a la mirada. «Los mejores ojos son...» es un ejemplo de poema que se ha fotocopiado o escrito en múltiples carpetas. Lo mismo ha sucedido con el tema del beso. «Me gusta —dice un chico, hablando del poema de Unamuno— porque se basa en la realidad, y explica lo que te ocurre con el primer beso.» Su compañera hace otro tipo de lectura, que va más allá: «Un beso no pesa, pero te hace tan feliz que lo notas sobre ti».

Finalmente, quiero acabar esta breve reseña de comentarios con las opiniones de dos jóvenes que me parecen representativas y, en el fondo, halagadoras: «Aunque no me gusta nada la lírica amorosa, estos poemas sí me han resultado bastante interesantes», afirma un joven de Zaragoza. Y una de sus compañeras señala: «En estos poemas se dicen cosas muy ciertas. En ellos se expresa lo que muchas veces sentimos y no nos atrevemos a decir o no sabemos decirlo».

¡Qué bien!

5. ¿QUÉ ES EL AMOR?

«El amor mueve el mundo», escribió un juvenil Luis Cernuda en su libro *Perfil del aire*. También Dante, el poeta italiano de la *Divina Comedia*, había afirmado, seis siglos antes, que el amor «mueve el Sol y las estrellas», y lo mismo han señalado otros autores a lo largo de la historia. «¿Qué es amor?», le pregunta una muchacha a Antonio Machado en un breve poema. Y el poeta responde: «Verte una vez y soñar / haberte visto otra vez».

«¿Qué es amor?», te pregunto; nos preguntamos todos.

Si te das cuenta, todos nos hemos planteado alguna vez esta cuestión. La respuesta no es fácil.

El francés Jacques Prévert, en un poema que empieza interrogando «¿Qué día es hoy, amor?», concluye: «Nacemos y vivimos. / Vivimos y amamos. / Y no sabemos lo que es el día. / Y no sabemos lo que es la vida. / Y no sabemos lo que es el amor».

No lo sabemos. Pero no renunciamos a intentar explicarlo. Desde el famoso soneto de Lope de Vega: «Desmayarse, atreverse, estar furioso...» —y supongo que también antes—, los poetas han intentado definir el amor, o, más bien, cómo se manifiesta. El resultado ha sido, casi siempre, una sucesión, más o menos caótica, de contradicciones, que parecen ser los elementos propios —y reconocibles— del amor.

Amor manda cuando ruega,
ve con los ojos vendados,
brinda paz y da cuidados,
a un tiempo concede y niega...
A la par quiere y no quiere,
se enoja y se desenoja,
se va, vuelve, tira, afloja,
nace, crece, vive, muere...

Éstos son algunos de los efectos del amor, que hace casi dos siglos enumeró Francisco Martínez de la Rosa, ministro y escritor, autor de *La conjuración de Venecia,* el primer drama romántico español, en un poema titulado precisamente «Enigma», que concluye así:

¿Quién tendrá el arte o poder
de sondear este abismo?;
¿quién, amor, cuando tú mismo
no te puedes comprender?

Así parece ser el amor. En este libro hallarás unos cuantos poemas que tratan del mismo tema. Pero había muchos más, que no he incluido para dar variedad a la antología. El venezolano Juan Vicente Camacho, en «Lo que es el amor», también enumeraba sus continuas paradojas: «Hace valiente al cobarde / y cobarde al más valiente», o «Pasa en la misma hora / de la cólera al cariño». Y es que para este poeta del siglo XIX, «El amor es el latente / anhelo del corazón» que «con el juicio y la razón / anda en guerra permanente».

¿Qué es el amor?

Parece ser —y es una opinión muy extendida— que, efectivamente, el amor nos quita «el juicio y la razón» y vuelve imbéciles a los listos. Pero eso es algo que no nos debe preocupar, si no queremos arrepentirnos después.

El amor es, en el fondo, lo importante y lo que nos hace importantes, por más que podamos parecer estúpidos, bobos, cursis, torpes, pelmas y ridículos cuando estamos enamorados.

Ya lo decía Fernando Pessoa, en un hermoso poema, del que incluyo un fragmento con una ligera variación que me he permitido realizar[1]:

Todos los poemas de amor son
ridículos.
No serían poemas de amor
si no fuesen ridículos.
También yo en mis tiempos escribí poemas de amor,
como los demás,
ridículos.
Los poemas de amor, si hay amor,
tienen que ser
ridículos...

Porque, como concluye el gran escritor portugués en este poema, perteneciente a su libro *Poesías de Álvaro Campos:*

Al final,
sólo los seres que no escribieron
poemas de amor
son los que son
ridículos.

José María Plaza

---

[1] La sustitución de la palabra «cartas» del original por «poemas».

PRIMERA PARTE

COMPRENDO QUE TUS BESOS...

Comprendo que tus besos
jamás han de ser míos;

comprendo que en tus ojos
no me he de ver jamás;

y te amo, y en mis locos
y ardientes desvaríos

bendigo tus desdenes,
adoro tus desvíos

y en vez de amarte menos,
te quiero mucho más...

MANUEL ACUÑA

LA LLAMA DEL AMOR

El fuego de una pasión
muy tarde o nunca se apaga,
aunque en el pecho se haga
pedazos el corazón;

porque el alma enamorada
que aparece fría y muerta
se reanima y despierta
al calor de una mirada.

TEODORO GUERRERO

MADRIGAL

Por tus ojos verdes yo me perdería,
sirena de aquellas que Ulises, sagaz,
amaba y temía.
Por tus ojos verdes yo me perdería.

Por tus ojos verdes en los que, fugaz,
brillar suele, a veces, la melancolía;
por tus ojos verdes, tan llenos de paz,
misteriosos como la esperanza mía;

por tus ojos verdes, conjuro eficaz,
yo me salvaría.

AMADO NERVO

¡OH, CUÁL TE ADORO...!

¡Oh, cuál te adoro con la luz del día,
tu nombre invoco apasionada y triste,
y cuando el cielo en sombras se reviste
aún te llama exaltada el alma mía!

Tú eres el tiempo que mis horas guía,
tú eres la idea que a mi mente asiste,
porque en ti se concentra cuanto existe,
mi pasión, mi esperanza, mi poesía.

No hay canto que igualar pueda a tu acento
cuando tu amor me cuentas y deliras,
revelando la fe de tu contento;

tiemblo a tu voz y tiemblo si me miras,
y quisiera exhalar mi último aliento
abrasada en el aire que respiras.

CAROLINA CORONADO

LO MÁS NATURAL

Me dejaste —como ibas de pasada—
lo más inmaterial, que es tu mirada.

Yo te dejé —como iba tan de prisa—
lo más inmaterial, que es mi sonrisa.

Pero entre tu mirada y mi risueño
rostro quedó flotando el mismo sueño.

AMADO NERVO

VIENES A MÍ...

Vienes a mí, te acercas y te anuncias
con tan leve rumor, que mi reposo
no turbas, y es un canto milagroso
cada una de las frases que pronuncias.

Vienes a mí, no tiemblas, no vacilas,
y hay al mirarnos atracción tan fuerte,
que lo olvidamos todo, vida y muerte,
suspensos en la luz de tus pupilas.

Y mi vida penetras y te siento
tan cerca de mi propio pensamiento
y hay en la posesión tan honda calma,

que interrogo al misterio en que me abismo
si somos dos reflejos de un ser mismo,
la doble encarnación de una sola alma.

ENRIQUE GONZÁLEZ MARTÍNEZ

AQUEL BESO

¡Aquel beso, aquel beso,
semilla de mi pasión!

De él quedé por siempre preso,
siento su gigante peso
encima del corazón.

Con él me quitaste el seso
antes de tener razón;

va en mis entrañas impreso
y muero bajo el acceso
de su regeneración.

MIGUEL DE UNAMUNO

MARTIRIO

Al ver la angustia que siento
si te apartan de mi lado,
todos comprenden al punto
la gravedad de mi estado.

Con alarma me reprochan
la pasión de que me muero,
y yo nada les respondo,
pero más y más te quiero.

Como a nadie oculto el alma,
todos conocen mi historia,
y saben que en tu amor puse
gozo y pena, infierno y gloria.

Me dicen que es un delirio
que labró mi mala suerte,
yo sólo sé —les respondo—
que te querré hasta la muerte.

LEOPOLDO LUGONES

APAISEMENT

Tus ojos y mis ojos se contemplan
en la quietud crepuscular.
Nos bebemos el alma lentamente
y se nos duerme el desear.

Como dos niños que jamás supieron
de los ardores del amor,
en la paz de la tarde nos miramos
con novedad de corazón.

Violeta era el color de la montaña.
Ahora azul, azul está.
Era una soledad de cielo. Ahora
por él la luna de oro va.

Me sabes tuyo, te recuerdo mía.
Somos el hombre y la mujer.
Conscientes de ser nuestros, nos miramos
en el sereno atardecer.

Son del color del agua tus pupilas:
del color del agua del mar.
Desnuda, en ellas se sumerge mi alma
con sed de amor y eternidad.

MANUEL MAGALLANES

UN RECUERDO Y UN SUSPIRO

Corazón que no has amado,
tú no sabes el dolor
de un corazón acosado,
carcomido y desgarrado
por amarguras de amor.

No sabes cómo se llora
con ese llanto que quema,
con la noche y con la aurora,
con ese sol que colora
en la frente un anatema.

Se llora con el placer,
se llora con el pesar,
con el recuerdo de ayer,
y mañana... hay que llorar
si nos ama una mujer.

Tú, velado a la tormenta
de borrascosa pasión,
no sabes cómo se aumenta,
cómo inflamada revienta
la pena en el corazón.

Cómo le devora eterno
ese esperar indeciso,
cómo abrasa el fuego interno

de tener hoy un infierno
donde estuvo un paraíso.

¡Amar y no ser amado!
¡Sentir y no consentir!
¡Morir viviendo olvidado!
¡Ay, morir de enamorado
y no poderlo decir!...

JOSÉ ZORRILLA

SI EN MI TRISTEZA REPARA...

Si en mi tristeza repara
tu implacable frialdad,
me preguntas por quién lloro...
¡Por quién podría llorar!

Si contemplando una estrella
me abismo en la soledad,
en quién pienso, me preguntas...
¡En quién podría pensar!

Si en la alta noche dormido
me arranca quejas mi mal,
me preguntas con quién sueño...
¡Con quién podría soñar!

Si mi hondo desasosiego,
vagabundo me echa a andar,
a quién busco, me preguntas...
¡A quién podría buscar!

Y cuando invoco la muerte,
cansado ya de sufrir,
de qué muero, me preguntas...
¡De qué podría morir!

LEOPOLDO LUGONES

¿A QUÉ ME LO DECÍS?...

¿A qué me lo decís?... Lo sé: es mudable,
es altanera y vana y caprichosa;
antes que el sentimiento de su alma,
brotará el agua de la estéril roca.

Sé que en su corazón, nido de sierpes,
no hay una fibra que al amor responda;
que es una estatua inanimada..., pero...
¡es tan hermosa!

GUSTAVO ADOLFO BÉCQUER

APARTE

Sigue para todos
desdeñosa y fría,
y que un vago ensueño
sea el único dueño
de tu fantasía.

Me miras, y callas,
con rostro risueño;

en tu rostro cándido
qué cosas diría
si no fuese un loco
e imposible empeño
que yo fuese tuyo
y tú fueses mía.

FRANCISCO A. DE ICAZA

DESDÉN

Si tan sólo una caricia
de tus ojos consiguiera,
precio digno de tal gloria
la vida me pareciera.

Si con mortal puñalada
tu rencor me hiriese un día,
por padecer de tu mano
contento sucumbiría.

Pero lo que de seguro
va a darme muerte angustiada
es que para mí no seas
caricia ni puñalada.

LEOPOLDO LUGONES

RONDELES

Quizás sepas un día
el secreto de mis males,
de mi honda melancolía
y de mis tedios mortales.

Las lágrimas a raudales
marchitarán tu alegría
si a saber llegas un día
el secreto de mis males.

JULIÁN DEL CASAL

CANTARES

La amo tanto, a mi pesar,
que aunque yo vuelva a nacer,
la he de volver a querer
aunque me vuelva a matar.

* * *

Está tu imagen, que admiro,
tan pegada a mi deseo,
que, si al espejo me miro,
en vez de verme, te veo.

* * *

Cuando pasas por mi lado
sin tenderme una mirada,
¿no te acuerdas de mí nada,
o te acuerdas demasiado?

* * *

Por más contento que esté,
una pena en mí se esconde,
que la siento no sé dónde
y nace de no sé qué.

* * *

Si ayer tropecé bastante,
hoy tropiezo mucho más;
antes, mirando adelante;
después, mirando hacia atrás.

* * *

Tengo un consuelo fatal
en medio de mi dolor,
y es que, hallándome tan mal,
nunca podré estar peor.

* * *

Ten paciencia, corazón,
que es mejor, a lo que veo,
deseo sin posesión
que posesión sin deseo.

* * *

Ni te tengo que pagar,
ni me quedas a deber;
si yo te enseñé a querer,
tú me enseñaste a olvidar.

RAMÓN DE CAMPOAMOR

DESDE QUE TÚ ME MIRASTE...

Desde que tú me miraste
tan sólo tus ojos veo:

o es que los demás no existen
o es que me dejaste ciego.

MANUEL AMOR MEILÁN

SOBRE EL AMOR

Tener con una idea
la mente divertida;
sentir su alma oprimida
con un grato dolor;
mirar a cada instante
su amado bien presente...,
es eso cabalmente
lo que se llama amor.

Dejar triste su amiga;
volver gozoso a hablarle;
y no poder tocarla
sin un violento ardor.
Llamarla a todas horas
mi vida, mi embeleso...,
precisamente es eso
lo que se llama amor.

Hallar un bien cumplido
en un favor ligero;
tener por un mal fiero
cualquier pequeño error,
reír, llorar y hallarse
temiendo y esperando...,
esto es vivir pasando
la enfermedad del amor.

Reñir y hacer las paces,
volver a reñir luego,

mas no encontrar sosiego
hasta querer mejor;
y hallar en tiernos lazos
el premio apetecido...,
esto es y siempre ha sido
lo que se llama amor.

PABLO DE JERICA

SOBRE LA FALDA TENÍA...

Sobre la falda tenía
el libro abierto;
en mi mejilla tocaban
sus rizos negros;
no veíamos las letras
ninguno, creo;
mas guardábamos ambos
hondo silencio.

¿Cuánto duró? Ni aun entonces
pude saberlo;
sólo sé que no se oía
más que el aliento,
que apresurado escapaba
del labio seco.
Sólo sé que nos volvimos
los dos a un tiempo.

Y nuestros ojos se hallaron,
y sonó un beso.

GUSTAVO ADOLFO BÉCQUER

MÁTAME

¡Tu desdén me está matando!

¡Si he de morir, yo prefiero
que me mates de cariño,
con tu afán y con tus celos,
mientras estrecho tu mano,
mientras aspiro tu aliento,
y cuando muera, que cierres
mis párpados con un beso
para que no esté en la caja
llorando después de muerto!

T. Martínez Barrionuevo

INDECISIÓN

Inquietarse, temer, no resolverse;
hallada la ocasión, no aprovecharse;
retroceder medroso y espantarse
de aquello que desea poseerse.

Al mirar la ilusión desvanecerse,
en febriles deseos abrasarse,
cobrar de nuevo aliento y arriesgarse
y en medio del camino detenerse.

El esfuerzo de ayer, ver hoy deshecho,
y gemir contemplando aprisionada
la firme voluntad en lazo estrecho.

Contradicción fatal nunca explicada:
arder el corazón dentro del pecho
y en los labios la voz quedarse helada.

T. SENDEROS

LOS MEJORES OJOS

Ojos azules hay bellos,
hay ojos pardos que hechizan
y ojos negros que electrizan
con sus vívidos destellos.
Pero, fijándose en ellos,
se encuentra que, en conclusión,
los mejores ojos son,
por más que todos se alaben,
los que expresar mejor saben
lo que siente el corazón.

CÉSAR CONTO

MARGARITA

¿Recuerdas que querías ser una Margarita
Gautier? Fijo en mi mente tu extraño rostro está,
cuando cenamos juntos, en la primera cita,
en una noche alegre que nunca volverá.

Tus labios escarlatas de púrpura maldita
sorbían el champaña del fino bacarrá;
tus dedos deshojaban la blanca margarita,
«Sí... no... sí... no...» ¡y sabías que te adoraba ya!

Después, ¡oh flor de histeria!, llorabas y reías;
tus besos y tus lágrimas tuve en mi boca yo;
tus risas, tus fragancias, tus quejas eran mías.

Y en una tarde triste de los más dulces días,
la muerte, la celosa, por ver si me querías,
¡como a una margarita de amor te deshojó!

RUBÉN DARÍO

A UNOS OJOS

Más dulces habéis de ser,
si me volvéis a mirar,
porque es malicia, a mi ver,
siendo fuente de placer,
causarme tanto pesar.

De seso me tiene ajeno
el que en suerte tan cruel
sea ese mirar sereno
sólo para mí veneno
siendo para todos miel.

Si crueles os mostráis
porque no queréis que os quiera,
fieros por demás estáis,
pues si amándoos me matáis,
si no os amara, muriera...

Y me es doblado tormento
y dolor más importuno,
el ver que mostráis contento
en ser crudos para uno,
siendo blandos para ciento.

Y es injusto por demás
que tengáis ojos serenos,
a los que, de amor ajenos,

os aman menos, en más,
y a mí que amo más, en menos...

¡Oh si vuestra luz querida
para alivio de mi suerte
fuese mi bella homicida!
¡Quién no cambiara su vida
por tan dulcísima muerte!

Y sólo de angustia lleno,
me es más que todo cruel,
el que ese mirar sereno
sea para mí veneno,
siendo para todos miel.

RAMÓN DE CAMPOAMOR

CELOS

Tu sombra ser quisiera: ni un momento
apartar de tus ojos la mirada;
vivir dentro de ti, sin ser notada,
y sorprender tu oculto pensamiento.

Tu desdén lloro y mi dolor aumento
fingiéndome a mí misma traicionada,
y unas veces te llamo enamorada
y otras maldigo tu mentido acento.

Cuando tu voz me jura amor eterno,
si en tus brazos pretendo hallar la calma,
surge la duda ahogando mis anhelos.

Arde en mis venas fuego del infierno
y en el mar encrespado de mi alma,
cual fiero vendaval, rugen los celos...

CECILIA CAMPS

¡QUÉ A GUSTO SERÍA...!

¡Qué a gusto sería
sombra de tu cuerpo!
¡Todas las horas del día de cerca
te iría siguiendo!

Y mientras la noche
reinara en silencio,
toda la noche tu sombra estaría
pegada a tu cuerpo.

Y cuando la muerte
llegara a vencerlo,
sólo una sombra por siempre serían
tu sombra y tu cuerpo.

AUGUSTO FERRÁN

EN UN ÁLBUM

Tú vas hacia una orilla
de donde triste vengo,
lo que tú buscas ahora
es, ¡ay!, lo que yo dejo.

Tú vas a ver un alba
que baña de oro el cielo,
y yo a ver un sol mustio
que ya se está poniendo.

Tú vas a sembrar flores
en fértiles terrenos;
yo voy a alzar mi tienda
en áridos desiertos.

Vas a lanzar tu barca
en un océano inmenso;
vas a aplicar al labio
la copa de los sueños.

¡Que duerma entre las velas
la cólera del viento,
que amor rompa las ondas
al golpe de sus remos!

¡Que, como yo, no tengas
que suplicar al cielo;
que encuentres, ¡ay!, almíbar
donde yo hallé veneno!

JUAN CLEMENTE ZENEA

NO ADORO LA HERMOSURA...

No adoro la hermosura
que con serlo se basta,
porque el tiempo desgasta
la frágil envoltura.

Amo la esencia pura
bajo la forma casta,
lo que el tiempo no gasta,
lo que vive y perdura.

No me arroba tampoco
gracia que bien no deja.
Y a mi espíritu encanta

más que la luz, el foco;
más que la miel, la abeja;
más que la flor, la planta.

MANUEL S. PICHARRO

TRIOLET

Algo me dicen tus ojos;
mas lo que dicen no sé.
Entre misterio y sonrojos,
algo me dicen tus ojos.
¿Vibran desdenes y enojos,
o hablan de amor y de fe?

Algo me dicen tus ojos,
mas lo que dicen no sé.

MANUEL GONZÁLEZ PRADA

PLENILUNIO

Por la verde alameda, silenciosa,
íbamos ella y yo;
la luna tras los montes ascendía,
en la fronda cantaba el ruiseñor.

Y le dije... No sé lo que le dijo
mi temblorosa voz...

En el éter detúvose la luna,
interrumpió su canto el ruiseñor,
y la amada gentil, turbada y muda,
al cielo interrogó.

¿Sabéis de esas preguntas misteriosas
que una respuesta son?
Guarda, ¡oh luna, el secreto de mi alma;
cállalo, ruiseñor!

FABIO FIALLO

AMOR ETERNO

Podrá nublarse el sol eternamente,
podrá secarse en un instante el mar,
podrá romperse el eje de la tierra
como un débil cristal.

¡Todo sucederá! Podrá la muerte
cubrirme con su fúnebre crespón,
pero jamás en mí podrá apagarse
la llama de tu amor.

GUSTAVO ADOLFO BÉCQUER

ÚLTIMA RIMA

Yo he soñado en mis lúgubres noches,
en mis noches tristes de penas y lágrimas,
con un beso de amor imposible
sin sed y sin fuego, sin fiebre y sin ansias.

Yo no quiero el deleite que enerva,
el deleite jadeante que abrasa,
y me causan hastío infinito
los labios sensuales que besan y manchan.

¡Oh, mi amado!, ¡mi amado imposible!,
mi novio soñado de dulce mirada,
cuando tú con tus labios me beses,
bésame sin fuego, sin fiebre y sin ansias.

Dame el beso soñado en mis noches,
en mis noches tristes de penas y lágrimas,
que me deje una estrella en los labios
y un tenue perfume de nardo en el alma.

JUANA BORRERO

NI VIVIR PUEDO EN TU AUSENCIA...

Ni vivir puedo en tu ausencia,
ni vivo cuando te veo,
ni es del mundo este deseo
que consume mi existencia.
Nieve soy en tu presencia
y volcán lejos de ti,
y es que tienes sobre mí
tal poder, que dudé al verte
si era el amor o la muerte
lo que en el alma sentí...

¿Cómo vivir en tu ausencia,
si no merezco el infierno,
que el deseo es fuego eterno
y yo mortal existencia?
¡Si he perdido la conciencia
del tiempo y de mi razón,
si es la vida mi prisión!
¿De qué sirve el albedrío,
si yo ya no tengo mío
ni mi propio corazón?

¡Si pienso con tu razón,
si respiro con tu aliento,
si el tuyo y mi pensamiento
fundió en uno la pasión,
si duda mi corazón

dónde su huésped anida;
si dudé en la despedida
entre quedarme o partir,
porque no sé definir
cuál es tu vida o mi vida!...

BLANCA DE LOS RÍOS

LAS GARZAS

... Las garzas me enamoran. Son lo que huye,
lo intocado, que vuela y se evapora;
y cómo tras su marcha soñadora
un cansancio infinito se diluye.
El vuelo de las garzas me enamora.

En los lagos dormidos entre brumas,
cuando abre sus párpados la aurora,
bajo la nieve casta de sus plumas
son el alma de la luz de las espumas
y su blancor entonces me enamora...

Las garzas me enloquecen... Su blancura,
su mudez, el dolor que las aqueja,
me empujan a quererlas con ternura.
Yo tengo la infinita desventura
de amar lo que se va, lo que se aleja...

Pero yo amo las garzas porque existe
un amable recuerdo en mi memoria.
Es el tuyo: tú fuiste blanca y triste,
y volando, en silencio, te perdiste
en el cielo sin nubes de mi historia.

RICARDO MIRÓ

LOS SUSPIROS SON AIRE...

Los suspiros son aire, y van al aire.
Las lágrimas son agua, y van al mar.
Dime, mujer, cuando el amor se olvida,
¿sabes tú adónde va?

GUSTAVO ADOLFO BÉCQUER

A UNA VIOLETA

Flor, la de las lindas hojas,
la del cáliz delicado,
la que derrama en el prado
su perfume embriagador.

Tú, que en la hierba naciste,
y te ocultas siempre en ella,
eres la imagen más bella
que representa al amor.

No a ese arrebatado y ciego
que a veces el labio miente,
sino al tímido, que siente
un sensible corazón.

A ese amor que nos inspira
un ser que nuestra alma adora,
y que, sin embargo, ignora
nuestra ardorosa pasión.

Mas, ¡ay!, un día nos vende
el fuego de una mirada,
cual su esencia delicada
te vende a ti, ¡pobre flor!

Por ella yo te descubro
entre la hierba escondida,
que eres mi flor preferida,
imagen de un tierno amor.

DOLORES CABRERA

VOLVERÁN LAS OSCURAS GOLONDRINAS...

Volverán las oscuras golondrinas
en tu balcón sus nidos a colgar,
y otra vez con el ala en sus cristales
        jugando llamarán.

Pero aquellas que el vuelo refrenaban
tu hermosura y mi dicha al contemplar,
aquellas que aprendieron nuestros nombres...
        ¡ésas... no volverán!

Volverán las tupidas madreselvas
de tu jardín las tapias a escalar,
y otra vez a la tarde aún más hermosas
        sus flores se abrirán.

Pero aquellas cuajadas de rocío
cuyas gotas mirábamos temblar
y caer como lágrimas del día...
        ¡ésas... no volverán!

Volverán del amor en tus oídos
las palabras ardientes a sonar,
tu corazón de su profundo sueño
        tal vez despertará.

Pero mudo y absorto y de rodillas,
como se adora a Dios ante su altar,
como yo te he querido..., desengáñate,
        ¡así... no te querrán!

GUSTAVO ADOLFO BÉCQUER

SEGUNDA PARTE

RIMAS

El tiempo es oro, mujer;
yo no lo puedo perder
en pedir ni en esperar.
Sé mía si lo has de ser;
si no, déjame marchar,
que el tiempo es oro, mujer.

¡El sol baja tan aprisa!
¡Llega tan pronto a su ocaso!
Hay que caminar de prisa,
hay que aligerar el paso.
¡El sol baja tan aprisa!

Me queda tanto que andar,
y tanto por qué reír,
y tanto por qué llorar.
¡Para lo que he de vivir
me queda tanto que andar!

No te arrepientas después.
Piensa de qué vivirás
si dejas morir la mies.
¡Yo no ando nunca hacia atrás!
¡No te arrepientas después!

JUAN JOSÉ LLOVET

CUANDO VAYAMOS AL MAR...

Cuando vayamos al mar
yo te diré mi secreto...
Mi secreto se parece
a la ola y a la sal.

Cuando vayamos al mar
te lo diré sin palabras:
Por bajo del agua quieta,
desdibujado y fugaz,

mi secreto pasará
como un reflejo del agua,
como una rama de algas
entre flores de cristal...

Cuando vayamos al mar
yo te diré mi secreto:
Me envuelve, pero no es ola.
Me amarga..., pero no es sal.

DULCE MARÍA LOYNAZ

MIS OJOS ACARICIARON...

Mis ojos acariciaron
la gracia de su sonrisa;
era otoño y la mañana
estaba lluviosa y fría.

Yo le conté que mi alma
soñaba una dulce vida
en que el amor fuera todo:
flores, penumbras y espinas.

Le dije que ya llegaban
las tardes largas y frías
del invierno, y que las penas
eran mis únicas dichas.

Ella me miró serena
y me dijo entre sonrisas
que ya hacía mucho tiempo
que en silencio me quería.

JUAN RAMÓN JIMÉNEZ

INVENTAR LA VERDAD

Pongo el oído atento al pecho,
como, en la orilla, el caracol al mar.
Oigo mi corazón latir sangrando
        y siempre y nunca igual.
Sé por qué late así, pero no puedo
        decir por qué será.

Si empezara a decirlo con fantasmas
de palabras y engaños al azar,
llegaría, temblando de sorpresa,
        a inventar la verdad:
¡Cuando fingí quererte, no sabía
        que te quería ya!

XAVIER VILLARRUTIA

ORACIÓN

Cuando muera no quiero
que me llores; apenas
que me mires dormido
entre las azucenas;

que me toques las manos,
y en el aire de acero
que me digas, me digas
simplemente: «Te quiero».

IGNACIO B. ANZOATEGUI

ADOLESCENCIA

En el balcón, un instante
nos quedamos los dos solos;
desde la dulce mañana
de aquel día, éramos novios.

—El paisaje soñoliento dormía
sus vagos tonos,
bajo el cielo gris y rosa
del crepúsculo de otoño—.

Le dije que iba a besarla;
bajó, serena, los ojos
y me ofreció sus mejillas,
como quien pierde un tesoro.

—Caían las hojas muertas
en el jardín silencioso,
y en el aire erraba aún
un perfume de heliotropos—.

No se atrevía a mirarme;
le dije que éramos novios,
... y las lágrimas rodaron
de sus ojos melancólicos.

JUAN RAMÓN JIMÉNEZ

ABRIL

Se vistió la nieve
de vagos carmines.
¿Me quieres?, me dijo.
¡Te quiero!, le dije.

Me besó en la boca
con un beso inmenso.
Abril vino al mundo
y yo quedé muerto.

Juan Ramón Jiménez

¡OH, ESTA SED DE TERNURA...!

¡Oh, esta sed de ternura que me seca la boca,
y que pone en mi alma esa fiebre tan loca!

¡Oh, este ardiente deseo de sentirme querida,
sin pensar en el hondo amargor de la vida!...

¡Oh, este anhelo infinito de sentirme arrullada
con la suave caricia de una dulce mirada!...

¡Oh, esta amarga tristeza de saber que los cardos
de mi ruta, no puedo convertirlos en nardos!

¡Y llevar en el alma la blancura del lirio!
¡Y vivir con la llama que consume a los cirios!

Y ser astro, ser ave, ser perfume, ser trino,
¡y tener que cruzar, ignorada, el camino!

ALICIA LARDE

LA DESPEDIDA

Aquel día —estoy seguro—
me amaste con toda el alma.
Yo no sé por qué sería.
Tal vez porque me marchaba...

—Me vas a olvidar —dijiste—.
Ay, tu ausencia será larga,
y ojos que no ven... —Presente
has de estar siempre en mi alma.

—Ya lo verás cuando vuelva.
Te escribiré muchas cartas.
Adiós, adiós... Me entregaste
tu mano suave y rosada,

y, entre mis dedos, tu mano,
fría de emoción, temblaba.
... Sentí el roce de un anillo
como una promesa vaga...

Yo no me atreví a mirarte,
pero sin verte notaba
que los ojos dulcemente
se te empañaban de lágrimas.

Me lo decía tu mano
en la mía abandonada,

y aquel estremecimiento
y aquel temblor de tu alma.

Ya nunca más me quisiste
como entonces, muda y pálida.
... Hacía apenas tres días
que eran novias nuestras almas.

GERARDO DIEGO

TENGO MIEDO A PERDER LA MARAVILLA...

Tengo miedo a perder la maravilla
de tus ojos de estatua, y el acento
que de noche me pone en la mejilla
la solitaria rosa de tu aliento.

Tengo pena de ser en esta orilla
tronco sin ramas, y lo que más siento
es no tener la flor, pulpa o arcilla,
para el gusano de mi sufrimiento.

Si tú eres el tesoro oculto mío,
si eres mi cruz y mi dolor mojado,
si soy el perro de tu señorío,

no me dejes perder lo que he ganado
y decora las aguas de tu río
con hojas de mi otoño enajenado.

FEDERICO GARCÍA LORCA

REMEMBRANZA

Dulce momento de amor
de mi juventud primera,
me diste todo el fulgor
de una ardiente primavera.

Era el momento risueño
y propicio a la ilusión.
¡Ya nunca tan bello sueño
volverá a mi corazón!

Dulce momento de amor,
claro instante soñador
que acarició el alma mía,

tras de tu breve fulgor
me dejaste un amargor
de eterna melancolía.

Elisabeth Mulder

DE SÓLO IMAGINARME...

De sólo imaginarme que tu boca
pueda juntarse con la mía, siento
que una angustia secreta me sofoca,
y en ansias de ternura me atormento...

El alma se me vuelve toda oído;
el cuerpo se me torna todo llama
y se me agita de amores encendido,
mientras todo mi espíritu te llama.

Y después no comprendo, en la locura,
de este sueño de amor a que me entrego:
si es que corre en mis venas sangre pura,
o si en vez de la sangre corre fuego...

ALICIA LARDE

SI ME QUIERES, QUIÉREME ENTERA...

Si me quieres, quiéreme entera,
no por zonas de luz o sombra...
Si me quieres, quiéreme negra
o blanca. Y gris, y verde, y rubia,
y morena...
Quiéreme día,
quiéreme noche...
¡Y madrugada en la ventana abierta!...

Si me quieres, no me recortes:
¡Quiéreme toda... O no me quieras!

DULCE MARÍA LOYNAZ

GOTA

El día que te acerques
vendrán mujeres muchas,
vendrán morenas bellas
y vendrán dulces rubias

a disputarte; y ellas
harán, con donosura,
tu elogio por lograrte,
sin acertar ninguna.

Y yo no tendré miedo
de morenas ni rubias,
pues cerraré los ojos
y te diré: Soy tuya.

ALFONSINA STORNI

AUSENCIA

No tienes quien bese
tus labios de grana,
ni quien tu cintura elástica estreche,
dice tu mirada.

No tienes quien hunda
las manos amantes
en tu pelo hermoso, y a tus ojos negros
no se asoma nadie.

Dice tu mirada
que de noche, a solas,
suspiras y dices en la sombra tibia
las terribles cosas...

Las cosas de amores
que nadie ha escuchado,
esas que se dicen los que bien se quieren
a eso de las cuatro.

A eso de las cuatro
de la madrugada,
cuando invade un poco de frío la alcoba
y clarea el alba.

Cuando yo me acuesto,
fatigado y solo,
pensando en tus labios de grana, en tu pelo
y en tus negros ojos...

MANUEL MACHADO

SI MIS MANOS PUDIESEN...

Yo pronuncio tu nombre
en las noches oscuras,
cuando vienen los astros
a beber en la luna
y duermen los ramajes
de las frondas ocultas.
Y yo me siento hueco
de pasión y de música.
Loco reloj que canta
muertas horas antiguas.

Yo pronuncio tu nombre
en esta noche oscura,
y tu nombre me suena
más lejano que nunca.
Más lejano que todas las estrellas
y más doliente que la mansa lluvia.

¿Te querré como entonces
alguna vez? ¿Qué culpa
tiene mi corazón?
Si la niebla se esfuma,
¿qué otra pasión me espera?
¿Será tranquila y pura?

¡Si mis dedos pudieran
deshojar a la luna!

FEDERICO GARCÍA LORCA

RISAS AMARGAS

Una tarde de octubre, pensativa
te vi cruzar el bosque solitario.
¡Hondo pesar de tu alma enamorada
ibas tal vez llorando!

Al hallarte conmigo, sonreíste,
queriendo disfrazar tu cuita amarga;
pero ¡ay! que tu sonrisa
era mucho más triste que tus lágrimas.

EMILIO CARRERE

NO SE CÓMO MIRAR PARA ENCONTRARTE...

No sé cómo mirar para encontrarte,
horizonte de amor en que me excito,
distancia sin medida donde habito
para matar las ansias de tocarte.

No sé cómo gritar para llamarte
en medio de mis siglos de infinito,
donde nace el silencio de mi grito
movido por la sangre de buscarte.

Mirar sin que te alcance la mirada,
sangrar sin la presencia de una herida,
llamarte sin oírme la llamada;

y atado al corazón que no te olvida
ser un muerto que tiene por morada
mi cuerpo que no vive sin tu vida.

ELÍAS NANDINO

CANCIÓN DE LAS VOCES SERENAS

Se nos ha ido la tarde
en cantar una canción,
en perseguir una nube
y en deshojar una flor.

Se nos ha ido la noche
en decir una oración,
en hablar con una estrella
y en morir con una flor.

Y se nos irá la aurora
en volver a esa canción,
y en perseguir esa nube,
y en deshojar esa flor.

Y se nos irá la vida
sin sentir otro rumor
que el del agua de las horas
que se lleva el corazón...

JAIME TORRES BODET

LA HORA OPORTUNA

Si acaso no he conseguido
el amor y la fortuna,
es porque nunca he podido
llegar a la hora oportuna.

Porque amar... ¡Oh, yo sé amar
con violencia y pasión,
y nunca se ha de agotar
mi tesoro de emoción!

Yo sé que mi amada existe,
por quien mi alma está tan triste;
mas nunca supe quién es...,

porque a sus citas amantes
acaso he llegado antes
o muchos años después.

EMILIO CARRERE

ETERNIDAD

En mi jardín hay rosas:
Yo no te quiero dar
las rosas que mañana...
Mañana no tendrás.

En mi jardín hay pájaros
con cantos de cristal:
No te los doy, que tienen
alas para volar...

En mi jardín abejas
labran fino panal:
¡Dulzura de un minuto...
no te la quiero dar!

Para ti lo infinito
o nada; lo inmortal
o esta muda tristeza
que no comprenderás...

La tristeza sin nombre
de no tener qué dar
a quien lleva en la frente
algo de eternidad...

Deja, deja el jardín...
No toques el rosal:
Las cosas que se mueren
no se deben tocar.

DULCE MARÍA LOYNAZ

BALADA

Él pasó con otra;
yo le vi pasar.
Siempre dulce el viento
y el camino en paz.
¡Y estos ojos míseros
le vieron pasar!

Él va amando a otra
por la tierra en flor.
Ha abierto el espino,
pasa una canción.
¡Y él va amando a otra
por la tierra en flor!

Él besó a la otra
a orillas del mar;
resbaló en las olas
la luna de azahar.
¡Y no untó mi sangre
la extensión del mar!

Él irá con otra
por la eternidad.
Habrá cielos dulces
(Dios quiere callar).
¡Y él irá con otra
por la eternidad!

GABRIELA MISTRAL

TARDE

Tarde lluviosa en gris cansado,
y sigue el caminar.
Los árboles marchitos.
                    Mi cuarto, solitario.
Y los retratos viejos
y el libro sin cortar.

Chorrea la tristeza por los muebles
y por mi alma.
                    Quizá
no tenga para mí Naturaleza
el pecho de cristal.

Y me duele la carne del corazón
y la carne del alma.
                    Y al hablar
se quedan mis palabras en el aire
como corchos sobre el agua.

Sólo por tus ojos
sufro yo este mal,
tristezas de antaño
y las que vendrán.

Tarde lluviosa en gris cansado,
y sigue el caminar.

FEDERICO GARCÍA LORCA

PENA BIEN HALLADA

Ojinegra la oliva en tu mirada,
boquitierna la tórtola en tu risa,
en tu amor pechiabierta la granada,
barbioscura en tu frente nieve y brisa.

Rostriazul el clavel sobre tu vena,
malherido el jazmín desde tu planta,
cejijunta en tu cara la azucena,
dulceamarga la voz en tu garganta.

Boquitierna, ojinegra, pechiabierta,
rostriazul, barbioscura, malherida,
cejijunta te quiero y dulceamarga.

Semiciego por ti llego a tu puerta,
boquiabierta la llaga de mi vida,
y agriendulzo la pena que la embarga.

MIGUEL HERNÁNDEZ

TUS OJOS

Nunca me dicen tus labios
lo que me dicen tus ojos,
que confiesan tus antojos
o descubren tus agravios,
que me glosan tu dolor
o me infunden tu alegría,
que me lloran tu agonía
o me inundan de tu amor,

que me alumbran o me ciegan,
me curan o me maltratan,
me acarician o me matan,
me conceden o me niegan;
pero que, siempre locuaces,
me saben contar sinceros
tus exhortos más austeros
y tus sueños más audaces.

Tienen tus ojos el don
de alegrarme, entristecerme,
consolarme y conmoverme;
y es porque tus ojos son
ojos que saben hablar,
ojos que saben reír,
ojos que saben herir
y ojos que saben besar;

ojos que hielan o abrasan
y que, con nieve o con lumbre,
dan o quitan pesadumbre
por donde quiera que pasan...

Luis Martínez Kleiser

UN DÍA

Andas por esos mundos como yo; no me digas
que no existes: existes, nos hemos de encontrar.
No nos conoceremos, disfrazados y torpes
por los mismos caminos echaremos a andar.

No nos conoceremos, distantes uno de otro
sentirás mis suspiros y te oiré suspirar.
¿Dónde estará la boca, la boca que suspira?
Diremos, el camino volviendo a desandar.

Quizá nos encontremos frente a frente algún día.
Quizá nuestros disfraces nos logremos quitar.
Y ahora me pregunto... ¿Cuando ocurra, si ocurre,
sabré yo de suspiros, sabrás tú suspirar?

ALFONSINA STORNI

FAREWELL

Ya no se encantarán tus ojos en mis ojos,
ya no se endulzará junto a ti mi dolor.

Pero hacia donde vaya llevaré tu mirada
y hacia donde camines llevarás mi dolor.

Fui tuyo, fuiste mía. ¿Qué más? Juntos hicimos
un recodo en la ruta donde el amor pasó.

Fui tuyo. Fuiste mía. Tú serás del que te ame,
del que corte en tu huerto lo que he sembrado yo.

Yo me voy. Estoy triste, pero siempre estoy triste.
Vengo desde tus brazos. No sé hacia dónde voy.

... Desde tu corazón me dice adiós un niño.
Y yo le digo adiós.

PABLO NERUDA

SOLEDADES

Quería en la misma flor,
de la de ayer, el aroma,
de la de hoy, el color...

Criterios de mariposa:
al alma por los sentidos,
por el perfume a la rosa.

¿Cómo podría expresar
con la palabra —tan lenta—
el corazón, tan fugaz?

Venía por los cerezos.
Sus labios entre las hojas
¿pedían frutas o besos?

Amaba el agua en la fuente,
pero más en el arroyo.
Pero más en el torrente.

No sabía distinguir
entre pensar y cantar,
entre hablar y sonreír...

Pude cortar, en sazón,
el racimo de sus viñas,
¡y no el de su corazón!

JAIME TORRES BODET

SI EL HOMBRE PUDIERA DECIR...

Si el hombre pudiera decir lo que ama,
si el hombre pudiera levantar su amor por el cielo
como una nube de luz;
si como muros que se derrumban,
para saludar la verdad erguida en medio,
pudiera derrumbar su cuerpo, dejando sólo la verdad de su amor,
la verdad de sí mismo,
que no se llama gloria, fortuna o ambición,
sino amor o deseo,
yo sería aquel que imaginaba:
aquel que con su lengua, sus ojos y sus manos
proclama ante los hombres la verdad ignorada,
la verdad de su amor verdadero.

Libertad no conozco sino la libertad de estar preso en alguien
cuyo nombre no puedo oír sin escalofrío;
alguien por quien me olvido de esta existencia mezquina,
por quien el día y la noche son para mí lo que quiera,
y mi cuerpo y espíritu flotan en su cuerpo y espíritu
como leños perdidos que el mar anega o levanta
libremente, con la libertad del amor,
la única libertad que me exalta,
la única libertad porque muero.

Tú justificas mi existencia:
si no te conozco, no he vivido;
si muero sin conocerte, no muero, porque no he vivido.

LUIS CERNUDA

SI ME LLAMARAS...

¡Si me llamaras,
sí, si me llamaras!

Lo dejaría todo,
todo lo tiraría:
los precios, los catálogos,
el azul del océano en los mapas,
los días y sus noches,
los telegramas viejos
y un amor.

Tú, que no eres mi amor,
si me llamaras...

PEDRO SALINAS

AMOR OSCURO

Si para ti fui sombra
cuando cubrí tu cuerpo,
si cuando te besaba
mis ojos eran ciegos,

sigamos siendo noche,
como la noche inmensos,
con nuestro amor oscuro,
sin límites, eterno...

Porque a la luz del día
nuestro amor es pequeño.

MANUEL ALTOLAGUIRRE

LA FORMA DE QUERER...

La forma de querer tú
es dejarme que te quiera.
El sí con que te me rindes
es el silencio. Tus besos
son ofrecerme los labios
para que los bese yo.
Jamás palabras, abrazos,
me dirán que tú existías,
que me quisiste: jamás.
Me lo dicen hojas blancas,
mapas, augurios, teléfonos;
tú, no.
Y estoy abrazado a ti
sin preguntarte, de miedo
a que no sea verdad
que tú vives y me quieres.
Y estoy abrazado a ti
sin mirar y sin tocarte.
No vaya a ser que descubra
con preguntas, con caricias,
esa soledad inmensa
de quererte sólo yo.

PEDRO SALINAS

CANCIÓN DE AMOR

Cuando ya nada pido
y casi nada espero
y apenas puedo nada
es cuando más te quiero.

José Coronel Urtecho

CANCIONES PARA LA SOLEDAD

Tú no sabes, no sabes
cómo duele mirarla.

Es un dolor pequeño
de caricias de plata.

Un dolor como un árbol
seco por la mañana.

Un dolor sin orilla
para dormir el agua.

Un dolor como el rastro
de la nube que pasa.

Tú no sabes, no sabes
cómo duele mirarla.

EUGENIO FLORIT

LA DESESPERACIÓN

Si nada espero, pues nada
tembló en ti cuando me viste
y ante mis ojos pusiste
la verdad más desolada;
si no brilló en tu mirada
un destello de emoción,
la sola oscura razón,
la fuerza que a ti me lanza,
perdida toda esperanza,
es... ¡la desesperación!

XAVIER VILLARRUTIA

LA BALADA DEL AMOR TARDÍO

Amor que llegas tarde,
tráeme al menos la paz.

Amor de atardecer, ¿por qué extraviado
camino llegas a mi soledad?

Amor que me has buscado sin buscarte,
no sé qué vale más:
la palabra que vas a decirme
o la que yo no diga ya...

Amor... ¿No sientes frío? Soy la luna.
Tengo la muerte blanca y la verdad
lejana... No me des tus rosas frescas;
soy grave para rosas. Dame el mar...

Amor que llegas tarde, ¿no me viste
ayer cuando cantaba en el trigal?

Amor de mi silencio y mi cansancio,
hoy no me hagas llorar.

DULCE MARÍA LOYNAZ

POEMA 20

Puedo escribir los versos más tristes esta noche.

Escribir, por ejemplo: «La noche está estrellada,
y tiritan, azules, los astros, a lo lejos».

El viento de la noche gira en el cielo y canta.

Puedo escribir los versos más tristes esta noche.
Yo la quise, y a veces ella también me quiso.

En las noches como ésta la tuve entre mis brazos.
La besé tantas veces bajo el cielo infinito.

Ella me quiso, a veces yo también la quería.
Cómo no haber amado sus grandes ojos fijos.

Puedo escribir los versos más tristes esta noche.
Pensar que no la tengo. Sentir que la he perdido.

Oír la noche inmensa, más inmensa sin ella.
Y el verso cae al alma como al pasto el rocío.

Qué importa que mi amor no pudiera guardarla.
La noche está estrellada y ella no está conmigo.

Eso es todo. A lo lejos alguien canta. A lo lejos.
Mi alma no se contenta con haberla perdido.

Como para acercarla mi mirada la busca.
Mi corazón la busca, y ella no está conmigo.

La misma noche que hace blanquear los mismos árboles.
Nosotros, los de entonces, ya no somos los mismos.

Ya no la quiero, es cierto, pero cuánto la quise.
Mi voz buscaba el viento para tocar su oído.

De otro. Será de otro. Como antes de mis besos.
Su voz, su cuerpo claro. Sus ojos infinitos.

Ya no la quiero, es cierto, pero tal vez la quiero.
Es tan corto el amor, y es tan largo el olvido.

Porque en noches como ésta la tuve entre mis brazos,
mi alma no se contenta con haberla perdido.

Aunque éste sea el último dolor que ella me causa,
y éstos sean los últimos versos que yo le escribo.

PABLO NERUDA

TERCERA PARTE

APARICIÓN PRIMERA

No podía ni mirarla:
tenía miedo de verla
y de mirarme después
vacío de su mirada.

César González Ruano

AL PERDERTE YO A TI...

Al perderte yo a ti, tú y yo hemos perdido:
yo, porque tú eras lo que yo más amaba;
y tú, porque yo era el que te amaba más.

Pero de nosotros dos tú pierdes más que yo:
porque yo podré amar a otras como te amaba a ti,
pero a ti no te amarán como te amaba yo.

ERNESTO CARDENAL

TE ESTÁS MURIENDO DE MÍ...

Te estás muriendo de mí;
de mí te llenas de vida
y yo sin decirte sí.

Y yo sin decirte nada,
tan sin quitar ni poner,
mira que mira la llama.

Mira que mira ya todo,
serena desde la orilla,
abarcando el mucho y poco.

Que no, que no me decido,
que al final todo se acaba;
prefiero seguir conmigo.

Prefiero correr mi suerte
sola con mi soledad,
sin dolerme de perderte.

CONCHA LAGOS

COMO UN PÁJARO

Como un pájaro herido
venía tu tristeza,
sus pobres alas mustias
sosteniéndote el alma.
Había un aire azul
con un cielo sin fondo
para volar...
¡Y el pájaro
leve de tu tristeza
voló a mi corazón
porque tú me querías!

José Luis Hidalgo

BESOS

1. Primavera

¿Qué miras, amante, qué miras?... Parece
que algo en tus ojos florece, florece...

Él no me contesta. Se acerca, me mira...
No sé si sonríe, no sé si suspira...

Y, en el hueco tibio de mis manos quietas,
deja caer sus besos como violetas.

2. Verano

El sol de la tarde
arde, arde, arde...

Mi amante me mira, pero dice que
con el sol de cara, casi no me ve...

Yo río por nada, con mi risa loca
y él besa mi risa besando mi boca.

Bajo sus pupilas de deseo llenas,
el beso, lo mismo que el sol de la tarde,
arde, arde, arde, dentro de mis venas.

3. Otoño

¡Qué dulces las uvas dulces!
¡Qué verdes tus ojos claros!...

Tú me mirabas, mirabas;
yo comía, grano a grano...

Y de pronto te inclinaste,
y me tomaste en los labios,
húmedos de zumo y risas,
un beso goloso y largo.

4. Invierno

El rostro lívido y yerto
del invierno se asomaba
a los cristales bañados
en llanto, de la ventana.

Llegaste de fuera, herido
de lluvia y vientos helados.
Tus manos, duras de frío,
se arroparon en mis manos.

Un beso fundió la nieve
que traías en los labios.

ÁNGELA FIGUERA AYMERICH

ELEGÍA XII

Dicen que el mes de mayo es el mes del amor,
pero yo me pregunto si hay alguna estación
que no lo sea, pues octubre te trajo al lado mío
y noviembre con sus nubes grandes y sus tormentas
fue el mes en que mi corazón dio sus rosas primeras.

Y en enero, paseando por los campos, miramos
la luna entre los árboles, como un fruto de plata,
y luego te besé por el carril sombrío
que baja de la Huerta de Los Arcos.

Y en marzo, cuando son tibias las lluvias,
unos celos furiosos me asaltaron
porque me hablaste apasionadamente
de Juan Ramón —como si ya lo amaras—
y yo, intentando en vano ahogar mi tristeza,
me fui, vencido y hosco, por las húmedas sendas.

Y en abril, cuando Córdoba huele a Semana Santa,
los altares cubiertos de flores redoblaron
nuestro amor, y en la sombra violeta de los templos
juramos sernos fieles para toda la vida,
igual que aquellas aves que vimos una tarde
volar solas las dos por el aire suave.

Y en junio nuestro amor buscaba los arroyos...
Venías a tumbarte a mi lado en la arena

y nunca como entonces fueron bellos tus ojos
ni dorado tu pecho, ni encendidos tus labios.

Y en agosto te fuiste con tu familia a Málaga
de veraneo, y yo quedé en Córdoba solo,
y tu recuerdo, diariamente, al caer la tarde
se alzaba por el sur lo mismo que la luna,

y las aguas heladas de la alberca nocturna
y la cerveza amarga y fría, y los refrescos,
y los vinos que me ofrecían los amigos
no consiguieron desvanecer tu imagen
ni apagar en mi alma el deseo de tu cuerpo.

Y, sin embargo, hay quien dice que la primavera
es el tiempo de los enamorados,
pero yo me pregunto
si hay alguna estación que no lo sea.

RICARDO MOLINA

LECCIÓN FINAL

Ahora que tienes todo mi verano en tu mano,
que conoces mi pulso y el calor de mi sangre,
que me duermo en tus ojos de gacela y escucho
las canciones más dulces de la mar y la aurora;
ahora que he aprendido a libar los silencios
y a perderme en tu pecho como en un paraíso,
enséñame, si sabes, a vivir de otra forma
porque me mata el miedo de perderte algún día.

J. M. Santiago Castelo

NO ME CANSO, MI AMOR...

No me canso, mi amor, ya de quererte
ni me pesa tampoco lo perdido;
sólo importa de veras que has vivido
y ese tiempo que falta para verte.

No fue gloria pasada el conocerte
porque sigo teniendo lo tenido;
tú no eres la noche ni el olvido,
en mi pecho renaces sin tu muerte.

Sé que es larga y monótona la espera,
y si acaso tu rostro se borrara,
algún sueño mañana pareciera.

Pero siempre será lo que antes era.
Aunque verte de nuevo no esperara,
lo mismo que te quiero te quisiera.

CARILDA OLIVER LABRA

DEDICATORIA

Si alguna vez la vida te maltrata,
acuérdate de mí,
que no puede cansarse de esperar
aquel que no se cansa de mirarte.

Luis García Montero

RENUNCIO A MORIR

Era el otoño, y la hoja de aquel árbol
temblaba.
También yo, también nosotros
teníamos un temblor nuevo, una nueva
y enfebrecida tarde. Como el mar
que rompe hacia las rocas y las vence
así eras tú, estudiante. Conocía
tu soledad, tu cuerpo, desde antes
de ver tu cuerpo y ver tu soledad.
«¿Estudias mucho?». «Estudio poco». «¿Vives
poco?». «No; vivo mucho».
Parecía
que tus palabras me arrastraban: era
todo tan nuestro de verdad, tan bello
de verdad, tan sencillo. Me acordaba
de aquel niño lejano que aún creía
en Dios, en sus milagros. (Madre, un día
Dios bajará sin duda hasta los pobres
y hará justicia.)
Mientras, era el campo;
fijamente mirábamos el campo
verde, universitario; lentamente
se humedecía la yerba. Era de oro
la hoja del árbol, y temblaba; era
no sé de qué tu corazón, y abría
sus puertas a la yerba verde y húmeda.
Náufragos del jardín, resucitábamos,
llegábamos a amarnos, me perdía,

me salvaba, dudé, toqué las llagas
de aquel paisaje con los dedos, como
se toca un árbol, una flor, un cuerpo:
para creer. Olía a vida. Se
respiraba la vida.
De repente
alguien, el viento, nos dejó sin libros,
nos hizo dioses. Y quedamos solos,
frente a frente, mirando aquellos campos
solitarios, y libres, y vencidos
a nuestros pies. Podía renunciarse
a morir ante aquel milagro. «Pero
¿me escuchas, me comprendes, vas conmigo?».

Era el otoño, y la hoja de aquel árbol,
que era de oro de verdad, temblaba.

CARLOS SAHAGÚN

CERCANO JARDÍN

Cercano jardín, las cosas
cobran, de pronto, presencia.
¡Qué bien están donde están
y en su plenitud se cierran!

Tú junto a mí. Qué dulzura
—tú y yo juntos, en la tierra—,
cómo siente el corazón
los propios golpes que encierra...

Tú me besas. Yo te doy
un beso donde me besas.
Tu mano en mi corazón
me acaricia muda y trémula.

Altos, los pájaros cantan
nuestro amor, nuestra tristeza.

José Luis Hidalgo

PENSÁNDOLO DE PRONTO

Con voz de mi tierra quiero
—pues tierra mía tú eres—
decirte lo que te quiero.

Decirte que tú, mi niña...
Decirte que yo... Decirte...
Ay, ¿cómo te lo diría?

Lo digo de corazón.
¿La vida, si no es contigo,
para qué la quiero yo?...

RAFAEL MONTESINOS

DE LA OTRA ORILLA

Nos encontramos. Era en la ribera
del tranquilo vivir sin ambiciones.
Nos encontramos. Nuestros corazones
se dieron a querer por vez primera.

Nos encontramos. Era primavera,
brisa de amor, no fuego de pasiones;
eran rosadas nuestras ilusiones,
un beso era una flor y no una hoguera.

Llegó el estío. Vimos la otra orilla,
y a ella quisimos ir. Una barquilla
nos dio la realidad de aquel empeño.

Y hoy vuela mi tristeza en un suspiro,
y se arrasan mis ojos, cuando miro
la ribera feliz donde hubo un sueño.

MARÍA DEL PILAR SANDOVAL

NADA MÁS

El aire de los chopos
y vuelvo a recordar.
En un día de marzo
te fuiste. Nada más.

Una sonrisa tuya
o un gesto. Claridad
como la de tus ojos
no he visto. Nada más.

Luego días de ira,
dolor y adversidad.
Y en medio de la noche
tu estrella. Nada más.

Por su fulgor perenne
contra la eternidad
te ofrezco unas palabras
de amor. Y nada más.

José Agustín Goytisolo

YO ESTOY SOLO EN LA TARDE...

Yo estoy solo en la tarde. Miro lejos,
desesperadamente lejos. Quedan
por el aire las últimas palabras
de los enamorados que se alejan.

Las nubes saben donde van, mi sombra
nunca sabrá dónde el amor las lleva.
¿Oyes pasar las nubes, dime, oyes
resbalar por el césped mi tristeza?

Nadie sabe que amo. Nadie sabe
que si llegó el amor, trajo su pena.
Yo estoy solo en la tarde y miro lejos.
No sé de dónde vienes a mis venas.

Te me vas de las manos, no del alma.
Nos separan montañas, vientos, fechas.
El amor, cuando menos lo pensamos,
se nos viste de ausencia.

Estoy en soledad. Miro a lo lejos
oscurecer la tarde y mi tristeza.
Estoy pensando en ti, estoy pensando
que acaso en soledad también me piensas.

RAFAEL MONTESINOS

LEJOS DE ABRIL

Abril como tú, tenía
un corazón de perfil,

pero al irte de mi lado
no supe lo que sentir.

Desde ese día, en el año
no hay ni un domingo de abril;

ya no escucho ningún cuento
que tenga un final feliz,

y no brillan las estrellas
cuando me voy a dormir.

Desde entonces mi sonrisa
ya no puede sonreír.

Amor como tú, tenía...,
¡te tenía a ti, a ti!

José María Plaza

DE ALGUNA MANERA...

De alguna manera
tendré que olvidarte.
Por mucho que quiera
no es fácil, ya sabes.
Me faltan las fuerzas,
ha sido muy tarde.
Y nada más, apenas
nada más.

Las noches te acercan
y enredas el aire,
mis labios se secan
e intentan besarte.
¡Qué fría es la cera
de un beso de nadie!

Las horas de piedra
parecen cansarse,
y el tiempo se peina
con gesto de amante.
De alguna manera
tendré que olvidarte.

LUIS EDUARDO AUTE

POEMA DEL RENUNCIAMIENTO

Pasarás por mi vida sin saber que pasaste.
Pasarás en silencio por mi amor y, al pasar,
fingiré una sonrisa, como un dulce contraste
del dolor de quererte... y jamás lo sabrás.

Soñaré con el nácar virginal de tu frente;
soñaré con tus ojos de esmeraldas de mar;
soñaré con tus labios desesperadamente;
soñaré con tus besos... y jamás lo sabrás.

Quizás pases con otro que te diga al oído
esas frases que nadie como yo te dirá;
y, ahogando para siempre mi amor inadvertido,
te amaré más que nunca... y jamás lo sabrás.

Yo te amaré en silencio, como algo inaccesible,
como un sueño que nunca lograré realizar;
y el lejano perfume de mi amor imposible
rozará tus cabellos... y jamás lo sabrás.

Y si un día una lágrima denuncia mi tormento
—el tormento infinito que te debo ocultar—;
te diré sonriente: «No es nada... Ha sido el viento».
Me enjugaré la lágrima... y ¡jamás lo sabrás!

José Ángel Buesa

MIRA SI SERÉ TORPE...

Mira si seré torpe
que ni siquiera siento
la cicatriz.

Mira si seré pobre
que me basta tu sueño
para vivir.

Mira si seré joven
que todavía espero
algo de ti.

JAVIER EGEA

POR RECOGER TUS HUELLAS...

Por recoger tus huellas
ha caído la nieve
sobre la acera.

La nieve de diciembre,
que te pide el regreso
mientras se tiende.

Desde el amanecer,
sin humillarse nunca
bajo tus pies.

Qué solitario vivo
en este corazón
donde hace frío.

Donde la nieve espera,
preparando el regreso
para tus huellas.

LUIS GARCÍA MONTERO

ESCUCHA ABANDONADA

Envuelta por el aire
de la mañana en fiesta,
entre música, voces,
alegría y campanas,

olvídate del nombre
que hasta ayer te seguía
como una desventura:
canta, juega, sonríe,

apuesta a no acertar
para irte así habituando
a ese sabor amargo
que se llama tristeza,

y que aparece siempre
cuando el amor se va.

JOSÉ AGUSTÍN GOYTISOLO

LA LUNA, SÍ, LA LUNA...

La luna, sí, la luna,
las estrellas de siempre,
el cielo vasto y negro
y la ciudad que duerme.

Sólo mi alma vela
lo mismo que una lámpara
en cuya luz se quema
la última esperanza.

Sólo yo estoy despierto
en mi casa dormida,
con este amor que está
desgarrando mi vida,

que hiere sin piedad
mis flores más hermosas,
aquellas que tú sólo
aspiraste en la sombra...

La noche es para todos
la sombra y el olvido,
ay, solamente yo
no hallo en su paz alivio,

porque el amor me tiene
desvelado y amargo

en la densa penumbra
nocturna de mi cuarto,

y pienso en tus palabras,
y me encuentro tan triste
y es tan grande mi angustia
que quisiera morirme.

RICARDO MOLINA

ME FUI CONTANDO LOS PASOS...

Me fui contando los pasos,
pasos que me separaban
para siempre de tu orilla.
Amor, qué triste sonaban.

Sigo y sigo mi camino
aunque el alma quede atrás.
Adelante, como el río
que no se puede parar.

Acaso me vuelva ola,
acaso grano de sal.
Me vuelva lo que me vuelva,
nada me puede importar.

Contando me fui los pasos,
dejándome el alma atrás,
desmemoriando tu orilla.
Qué lejos estamos ya.

CONCHA LAGOS

ME HE QUEDADO SIN PULSO Y SIN ALIENTO...

Me he quedado sin pulso y sin aliento
separado de ti. Cuando respiro,
el aire se me vuelve en un suspiro
y en polvo el corazón, de desaliento.

No es que sienta tu ausencia el sentimiento.
Es que la siente el cuerpo. No te miro.
No te puedo tocar por más que estiro
los brazos como un ciego contra el viento.

Todo estaba detrás de tu figura.
Ausente tú, detrás todo de nada,
borroso yermo en el que desespero.

Ya no tiene paisaje mi amargura.
Prendida de tu ausencia mi mirada,
contra todo me doy, ciego me hiero.

ÁNGEL GONZÁLEZ

NO ME HAS QUERIDO...

No me has querido y huyes por tus años,
dejándome el recuerdo permanente
de una durable juventud perfecta.

Otros verán tu vida deshacerse.
Yo conservaré siempre en mi memoria
lo que mis ojos no tendrán en suerte.

Dejarás de ser tú, aunque no mueras;
aunque no vivas te tendré en mi frente.
Siempre joven serás en mi recuerdo:

Esto gané, mi vida, con perderte.

José Luis Hidalgo

POR RINCONES DE AYER

En lugares perdidos
contra toda esperanza
te buscaba.

En ciudades sin nombre
por rincones de ayer
te busqué.

En horas miserables
entre la sombra amarga
te buscaba.

Y cuando el desaliento
me pedía volver
te encontré.

JOSÉ AGUSTÍN GOYTISOLO

QUIÉREME PORQUE TE QUIERO...

«Quiéreme porque te quiero»
no es lo que dice el querer
cuando es querer verdadero.

Las palabras verdaderas
de querer son las que dicen:
«Te quiero aunque no me quieras».

José Bergamín

POEMA DE LA DESPEDIDA

Te digo adiós, y acaso te quiero todavía.
Quizás no he de olvidarte, pero te digo adiós.
No sé si me quisiste... No sé si te quería...
O tal vez nos quisimos demasiado los dos.

Este cariño triste, y apasionado, y loco,
me lo sembré en el alma para quererte a ti.
No sé si te amé mucho... no sé si te amé poco;
pero sí sé que nunca volveré a amar así.

Me queda tu sonrisa dormida en mi recuerdo,
y el corazón me dice que no te olvidaré;
pero, al quedarme solo, sabiendo que te pierdo,
tal vez empiezo a amarte como jamás te amé.

Te digo adiós, y acaso, con esta despedida,
mi más hermoso sueño muere dentro de mí...
Pero te digo adiós, para toda la vida,
aunque toda la vida siga pensando en ti.

José Ángel Buesa

LABIOS BELLOS, ÁMBAR SUAVE

Con sólo verte una vez te otorgué un nombre,
para ti levanté una bella historia humana.
Una casa entre árboles y amor a medianoche,
un deseo y un libro, las rosas del placer
y la desidia. Imaginé tu cuerpo
tan dulce en el estío, bañado entre las
viñas, un beso fugitivo y aquel «espera,
no te vayas aún, aún es temprano».
Te llegué a ver totalmente a mi lado.
El aire oreaba tu cabello, y fue sólo
pasar, apenas un minuto y ya dejarte.
Todo un amor, jazmín de un solo instante.

Mas es grato saber que nos tuvo un deseo,
y que no hubo futuro ni presente ni pasado.

LUIS ANTONIO DE VILLENA

POR DEBAJO DEL AGUA...

Por debajo del agua
te busco el pelo,
por debajo del agua,
pero no llego.

Por debajo del agua
de tu cintura:
tú me llamas arriba
para que suba.

Para que suba al aire
de tu mirada;
mi corazón se enciende,
luego se apaga.

Te busco el pelo
por debajo del agua,
pero no llego.

JOSÉ ÁNGEL VALENTE

AMOR: ESTÁ ATARDECIENDO...

Amor: está atardeciendo.
La rosa más grande y rosa
se seca como una rosa
al crepúsculo tremendo.

Y yo, que voy casi herida
como ese cielo violeta,
cuando estoy así de quieta
parezco viva y sin vida.

Ay, esta tarde es la tarde
para vestirse de gasa
y estar soñando en la casa
con una vela que arde.

Hoy es el día; ese día
donde llorar por un muerto
que no se nos haya muerto
todavía, todavía...

Amor: ¡déjame en la cama!
Vete a buscar una estrella
para que juegues con ella.
La muchacha que te ama

es tan extraña y tan loca
que tiene un dolor remoto

y está como un vaso roto:
se le ha borrado la boca.

Échame el humo que arrancas
o una sábana de lino
o la sombra de algún pino
o flores del campo, blancas.

Ponme una semilla trunca
en la mano cenicienta,
y que ni yo me dé cuenta
de que no nacerá nunca.

Mírame así: rodeada
de claridad, como un nido
de temblores... Ya me he ido:
soy lo que queda de nada.

No tengo carne ninguna.
Ya ni mis lágrimas peso.
Estoy cubierta de luna.
¡Me mataría algún beso!...

CARILDA OLIVER LABRA

BESO PEQUEÑO

Pequeño, como esa gota
de lluvia por la ventana
que nos moja la memoria
con levadura de brasa...

pequeño, como una de esas
pequeñísimas palabras
que con una sola sílaba
llenan de luz una cara...

pequeño, como un candil
con una pequeña llama
que agranda por las paredes
una presencia fantástica...

pequeño, como el tamaño
en que se oculta una lágrima
cuya fuerza clandestina
puede arrasar una casa...

Así de pequeño fue.
Y así de pequeño basta.
¿Sabes?: los seres, por esto
se desviven y se matan.

Yo tengo un beso pequeño
y secreto, que acompaña
mis asuntos desdichados
y mis horas solitarias.

FÉLIX GRANDE

NO ES EL AMOR ETERNO

Si el amor es pasión, será fugaz.

Como el volcán que irrumpe violento
y arrasa y quema y mata en un momento
y luego, ya calmado, duerme en paz.

El amor, como el fruto, no es capaz
de quedarse en el árbol si madura.

Dura el amor lo que el deseo dura,
que aunque de amor parece que se muere,
es amor una flecha que nos hiere

y la herida de amor el tiempo cura.

CARLOS REVIEJO

ELEGÍA X

En las tardes de mayo cuando el aire brillaba
con un azul radiante y en las olas del musgo
se mecía la blanca flor de la sanguinaria,
te amaba casi más que a nadie en este mundo.

Por tus ojos tan graves del color de la hierba,
por tus cabellos negros y tus hombros desnudos,
por tus labios suaves un poco temblorosos,
te amaba casi más que a nadie en este mundo.

Aunque no te lo dije tú acaso lo sabías,
por eso una mañana en el bosque de pinos
me saliste al encuentro a través de la niebla
y de las verdes jaras cubiertas de rocío.

Era yo entonces estudiante, todos los días
a las nueve tenía clase en el instituto,
pero aquella mañana me fui solo a la sierra
y me encontré contigo en el gran bosque húmedo.

Mis amigos me daban consejos excelentes
y me hablaban de ti sin velar sus escrúpulos.
Y yo les respondía: «Odio vuestra prudencia»,
pues casi más que a nadie te amaba en este mundo.

Mis padres me reñían a la hora del almuerzo.
Me decían que iba a perder todo el curso,
pero yo soportaba sus riñas en silencio
y ellos seguían hablando, amargos, del futuro.

Yo me decía mientras: ¿qué me importan los amigos,
qué importa el porvenir, los padres, los estudios,
si las tardes de mayo son tan claras y bellas
y te amo, amor mío, más que a nadie en el mundo?

¿Qué importan estas cosas si me estás esperando
en el vasto pinar, al borde del camino,
y tus ojos son verdes, como las hojas verdes,
y tu aliento, fragante, lo mismo que el tomillo?

¿Qué importan las palabras si tus labios son rojos
como la roja adelfa y la flor del granado
y sólo hablan de amor, de risas y de besos,
y mi alma es el aire que respiran tus labios?...

Así te hablaba entonces mi corazón. ¿Te gustan
todavía sus palabras?
Así te amaba entonces mi corazón. ¿Recuerdas
todavía su amor?

Y una de aquellas tardes te dije que algún día
escribiría en mi casa solitario
esta elegía triste y bella como el recuerdo,
y tú me interrumpiste besándome en los labios.

No creíste, ah, nunca creíste que pudiera
acabar el amor de aquella primavera;
pero la vida es siempre más larga que el amor,

y si la dicha es bella como una flor de mayo,
como una flor de mayo breve es también su flor.

RICARDO MOLINA

DESPEDIDA

Te vas y yo me quedo para siempre conmigo.
Una quietud de árbol nace por mi cintura.
Te vas como una sombra, reptando la llanura,
herida por las uñas larguísimas del trigo.

Amiga mía fuiste cuando yo fui tu amigo,
guardamos equilibrio de pasión y ternura;
pero el amor se añeja cuando el amor perdura:
ni me arrastra tu marcha ni a quererme te obligo.

Te vas y yo me quedo como siempre, contento.
La brisa da en mis ojos caricias y arañazos
y poco a poco surge la redondez del llanto.

Te vas y no me importa. Sí me importa. Lo siento.
Se ha quedado vacío el hueco de mis brazos
y un ruiseñor de piedra ha crecido en mi canto.

ENRIQUE MORÓN

CANTOS RODADOS

Yo quiero lo que tú quieres.
Tú quieres lo que yo quiero.
Y ninguno de los dos
sabemos lo que queremos.

Tú eres todo y eres nada.
Todo, si tu voz se enciende.
Nada, si tu voz se apaga.

¿Qué importa que el corazón
pueda tener sus razones
cuando no tiene razón?

Tu querer era mi muerte.
No lo quise saber
por no dejar de quererte.

No es que tú me hayas dejado,
es que te has ido de un sueño
en el que yo me he quedado.

Todos morimos de amor,
queriéndolo o sin quererlo.
Morir no es perder la vida:
morir es perder el tiempo.

JOSÉ BERGAMÍN

CANCIÓN

¡Ay lo poco que me queda,
al final lo perderé!
Y después de todo, ¿qué?,
¿con lo poco que me queda?

Dímelo tú, niña mía,
todo esto, ¿para qué?...
mi tristeza, mi alegría,
mi incredulidad, mi fe,
mi pobre melancolía
por la que me salvaré...

Dímelo tú, niña fría,
que luego te cambiaré
por otra niña más fría
para cambiarla después.

Me muero porque me quieran,
pero nunca lo diré.
Y después de todo, ¿qué?,
¿morir para que me quieran?,
que me quieran, ¿para qué?

Aquel gran amor de un día
volverá, y yo no estaré,
si es que vuelve todavía.
Y después de todo, ¿qué?...
¡Aquel pobre amor de un día!

RAFAEL MONTESINOS

BREVE NOTICIA DE LOS POETAS

PRIMERA PARTE

Manuel ACUÑA. México, 1849-1873. Pesimista y anárquico, se suicidó a los 24 años. Su poesía es romántica.

Manuel AMOR MEILÁN. Autor español del siglo XIX.

Gustavo Adolfo BÉCQUER. Sevilla, 1836-1870. Trabajó en Madrid como periodista. Representa la esencia más pura del Romanticismo y es uno de los poetas españoles más populares. Su vida fue desgraciada. Murió sin que se publicaran sus libros. Obra: *Rimas, Leyendas.*

Juana BORRERO. Cuba, 1877-1896.

Dolores CABRERA Y HEREDIA. Huesca, 1826. Vivió en Madrid. Los reyes de España fueron los padrinos de su boda, en 1856. Publicó abundantes poesías y dos novelas. Obra: *Las violetas.*

Ramón de CAMPOAMOR. Navia (Oviedo), 1817-1901. Fue un político conservador de éxito y el poeta más popular de su tiempo. En poesía se inició en el Romanticismo, pero enseguida pasó a un prosaísmo seudofilosófico. Obra: *Doloras, Humoradas.*

Cecilia CAMPS. Zaragoza, 1879. Fundó y dirigió la revista *Ideal Femenino.* Escribió dramas y dos novelas. Obra: *Cantares.*

Julián del CASAL. Cuba, 1863-1893. Periodista. Le llamaron «Príncipe de la Melancolía». Poeta neorromántico. Obra: *Hojas al viento. Bustos y rimas.*

César CONTO. Colombia, 1836-1892.

Carolina CORONADO. Badajoz, 1823-1911. Su casa se convirtió en un importante salón literario. Asumió el Romanticismo de su tiempo. Su obra más conocida es su largo poema *El amor de los amores.*

Rubén DARÍO. Nicaragua, 1867-1916. Uno de los grandes poetas de América. Es el gran autor del Modernismo, que tuvo gran influencia entre los escritores españoles. Hombre brillante. Diplomático. Renovó la poesía de su tiempo. Obra: *Azul, Prosas profanas, Cantos de vida y esperanza.*

Augusto FERRÁN. Español. Nace y muere en Madrid, 1836-1880. Tradujo la poesía de Heine, y fue un gran amigo de Bécquer. Su poesía está influida por el Romanticismo alemán y el popularismo andaluz. Obra: *La soledad.*

Fabio FIALLO. República Dominicana, 1864-1936. Poeta y narrador. Obra: *Cuentos frágiles, La manzana de Mefisto.*

Enrique GONZÁLEZ MARTÍNEZ. México, 1871-1952. Representa el final del Modernismo y la búsqueda de una poesía más sobria y profunda. Obra: *Los senderos ocultos, La muerte del cisne.*

Manuel GONZÁLEZ PRADA. Perú, 1848-1918. Es uno de los iniciadores del Modernismo en América. Renovador y revolucionario. Obra: *Libertarias, Minúsculas, Exóticas.*

Teodoro GUERRERO. Escritor español del siglo XIX.

Francisco A. de ICAZA. México, 1863-1937. Poeta, crítico literario y un gran estudioso de Cervantes.

Pablo de JERICA. Vitoria, 1781-1837. Escribió cuentos y fábulas.

Leopoldo LUGONES. Argentina, 1874-1938. Uno de los escritores más admirados y polémicos de su país. Cultivó todos los géneros literarios y sus obras completas comprenden diez volúmenes de versos y treinta de prosa. Obra: *Lunario sentimental, Romancero.*

Manuel MAGALLANES MOURE. Chile, 1878-1924.

T. MARTÍNEZ BARRIONUEVO. Escritor español del siglo XIX.

Ricardo MIRÓ. Panamá, 1883-1940. Tuvo gran influencia en la poesía de su país. Con él acaba el Modernismo y se inicia un Neorromanticismo. Fundó la revista *Nuevos Ritos.* Obra: *Patria, Preludios.*

Amado NERVO. México, 1870-1919. Periodista. Diplomático. Fue muy popular en su tiempo. Muy preocupado por la espiritualidad. Obra: *La amada inmóvil, Cuentos misteriosos, Plenitud.*

Manuel S. PICHARRO Y PERALTA. Cuba, 1866-1920.

Blanca de los RÍOS LAMPÉREZ. Sevilla, 1862-1956. A los 16 años publicó su primera novela, *Margarita,* y a los 19, los poemas *Esperanzas y recuerdos.* Dirigió la revista *Raza Española,* de 1919 a 1926.

T. SENDEROS. Escritor español del siglo XIX.

Miguel de UNAMUNO. Bilbao, 1864-1936. Escritor y filósofo, perteneciente a la Generación del 98 y muy preocupado por la idea de España. Fue rector de la Universidad de Salamanca. Es más famoso por sus ensayos y novelas, pero tiene una importante y voluminosa producción poética. Obra: *Niebla, Del sentimiento trágico de la vida, Rimas de dentro, El Cristo de Velázquez, Teresa.*

Juan Clemente ZENEA. Cuba, 1832-1871. Activista político, era miembro de la sociedad secreta La Estrella Solitaria. Fundó la *Revista Habanera.* Fue fusilado por los españoles. Obra: *Cantos de la tarde, Diario de un mártir.*

José ZORRILLA. Valladolid, 1817-1893. Es uno de los autores clave del Romanticismo español y dramaturgo de enorme éxito, sobre todo con *Don Juan Tenorio,* que se representa por Todos los Santos. Obra: *Cantos del Trovador, El puñal del godo.*

SEGUNDA PARTE

Manuel ALTOLAGUIRRE. Málaga, 1906-1959. Tuvo una imprenta. Fundó la revista *Litoral,* que aún existe, donde publicó obras de sus compañeros de la Generación del 27. Su poesía es neorromántica. Obra: *Las islas invitadas, Fin de un amor.*

Ignacio B. ANZOATEGUI. Argentina, 1905. Profesor y juez. Vivió en España. Obra: *Romances y jitanjánforas.*

Emilio CARRERE. Madrid, 1881-1947. Influido por Verlaine, representa la vida bohemia de principios de siglo. Le atrajeron los bajos fondos madrileños. Tiene también novelas costumbristas. Obra: *Dietario sentimental, La tristeza del burdel.*

Luis Cernuda. Sevilla, 1902-1963. Profesor universitario. Miembro de la Generación del 27, es uno de los autores que más han influido en los jóvenes poetas españoles. El amor, la soledad, el deseo de alcanzar un mundo habitable o la belleza ideal son sus temas principales. Obra: *La realidad y el deseo.*

José Coronel Urtecho. Nicaragua, 1906. Reaccionó contra el Modernismo, propugnando una poesía relacionada con el pueblo y la tradición y, a la vez, revolucionaria. Tuvo gran influencia en los poetas centroamericanos. Obra: *Canciones, Retrato de la mujer de tu prójimo.*

Gerardo Diego. Santander, 1896-1987. Catedrático de instituto. Realizó una importante antología de poesía española, que agrupa a la Generación del 27. Fundador de la revista *Carmen.* Premio Cervantes de Literatura. Su poesía se mueve entre la vanguardia y el clasicismo. Obra: *El romancero de la novia, Imagen, Manual de espumas.*

Eugenio Florit. Cuba, 1903. Tiende al clasicismo. Influido por la poesía española del Siglo de Oro y la poesía pura. Obra: *Trópico, Doble acento.*

Federico García Lorca. Fuentevaqueros (Granada), 1898-1936. Es el autor contemporáneo español más conocido en todo el mundo. Pintor, músico, dramaturgo —*Yerma, María Pineda*— y poeta, miembro destacado de la Generación del 27, su poesía se mueve entre el folclore popular, lo culto y el surrealismo. Obra: *Libro de poemas, Romancero gitano, Poeta en Nueva York.*

Miguel Hernández. Orihuela (Alicante), 1910-1942. De origen muy humilde, en Madrid creó —con Neruda y Aleixandre— la revista *Caballo Verde para la Poesía.* Con gran conciencia social, se alistó en el ejército republicano, muriendo en la cárcel. Sus poemas han sido recreados por varios cantautores. Su poesía refleja tremenda humanidad y gran preocupación formal. Obra: *El rayo que no cesa, Vientos del pueblo.*

Juan Ramón JIMÉNEZ. Moguer (Huelva), 1881-1958. Es una de las grandes figuras de la literatura española. Dedicó toda su vida a la poesía, y su influencia aún es muy notable. Premio Nobel en 1956, tiene un libro de prosa poética universal, *Platero y yo.* Su producción poética es inmensa. Del Neorromanticismo evolucionó hacia la poesía pura. Aquí hemos seleccionado poemas de su primera época. Obra: *Rimas, Arias tristes, Jardines lejanos, Diario de un poeta recién casado.*

Alicia LARDE DE VENTURINO. San Salvador, siglo XX. Es de ascendencia francesa. Su poesía gira en torno al amor y a la pasión.

Juan José LLOVET. Español, 1895-1940.

Dulce María LOYNAZ. Cuba, 1903-1997. Premio Cervantes de Literatura. Ya era un fenómeno literario antes de haber publicado su primer libro. Su casa fue centro de peregrinaje y residencia para muchos artistas. Tiene una novela, *Jardín.* Obra: *Jardín, Juegos de agua, Poemas sin nombre.*

Manuel MACHADO. Sevilla, 1874-1947. Vive los ambientes bohemios de Madrid. Fue archivero. Su poesía se halla entre el Modernismo, el Decadentismo y el cantar andaluz. Escribió teatro con su hermano Antonio. Obra: *El mal poema, Alma, Ars Moriendis.*

Luis MARTÍNEZ KLEISER. Español, 1883-1972.

Gabriela MISTRAL. Chile, 1889-1957. Premio Nobel de Literatura en 1945. Sus temas son el amor, la naturaleza y el canto a los débiles y olvidados. Obra: *Desolación, Ternura, Tala.*

Elisabeth MULDER. Barcelona, 1904-1986. Preocupada por los problemas de la mujer. Traductora y narradora, su novela más famosa es *La isla de Java.* Obra: *La hora emocionada.*

Elías NANDINO. México, 1903.

Pablo NERUDA. Chile, 1904-1973. Es el poeta que más ha influido en la poesía hispanoamericana y el de mayor reconocimiento internacional. Premio Nobel en 1971. Diplomático. Su producción es muy extensa y variada. Obra: *Veinte poemas de amor y una canción desesperada, Crepusculario, Residencia en la Tierra.*

Pedro SALINAS. Madrid, 1891-1951. Catedrático universitario y miembro de la Generación del 27. Fundó, en 1933, la Universidad Internacional de Santander. En su poesía, el amor y el diálogo con la amada son temas dominantes. Obra: *La voz a ti debida, Razón de amor.*

Alfonsina STORNI. Argentina, 1892-1938. Tuvo una vida difícil. Fue maestra. Sus temas son el amor, la desilusión, la muerte. Violeta Parra escribió una canción *—Alfonsina y el mar—* sobre su suicidio. Obra: *La inquietud del rosal, El dulce daño, Languidez.*

Jaime TORRES BODET. México, 1897-1974. Perteneció a la poesía de vanguardia de su país, reunida en torno a la revista *Contemporáneos.* Triunfó a los dieciséis años. Sus versos son audaces, surrealistas, solidarios y pesimistas. Se suicidó. Obra: *Fervor, Frontera, Sin tregua.*

Xavier VILLARRUTIA. México, 1903-1950. Para él toda la poesía es un intento de conocimiento del hombre. Sus poemas están tocados por un surrealismo no automático. Obra: *Nocturnos. Nostalgia de la muerte. Canto a la primavera.*

TERCERA PARTE

Luis Eduardo AUTE. Filipinas, 1944. También es pintor, cantautor y ha experimentado con el cine. Tiene veinte álbumes de música y tres libros de poesía. Obra: *La matemática del espejo.*

José BERGAMÍN. Madrid, 1897-1983. Fundó la revista *Cruz y Raya,* donde publicaron autores de la Generación del 27. Fue un peculiar ensayista, dotado de un estilo agudo, paradójico, aforístico, como su poesía, que escribió al final de su vida. Obra: *La claridad desierta. Canto rodado.*

José Ángel BUESA (Cuba). Es uno de los poetas más populares, pero menos reconocidos de Hispanoamérica. Su libro *Oasis* fue el más vendido de Cuba durante varios años. Sus poemas han sido divulgados por recitadores y en la radio.

Ernesto CARDENAL. Nicaragua, 1926. Luchó en favor de la revolución sandinista y fue ministro de Cultura. En 1957 se hizo religioso. Su poesía es comprometida, social, política, con ecos de Walt Whitman. Obra: *Epigramas, Oración por Marilyn Monroe, Homenaje a los indios americanos.*

Javier EGEA. Granada, 1952. Obra: *Paseo de los tristes.*

Ángela FIGUERA AYMERICH. Bilbao, 1902-1984. Catedrática de Lengua y Literatura. Obra: *Víspera de la vida, Los días duros.*

Luis GARCÍA MONTERO. Granada, 1958. Profesor universitario. Uno de los jóvenes poetas propulsores de la Nueva Sentimentalidad. Obra: *Diario cómplice, Habitaciones separadas.*

Ángel GONZÁLEZ. Oviedo, 1925. Profesor universitario en Estados Unidos. Miembro de la Promoción del 50. Premio Príncipe de Asturias. Obra: *Áspero mundo, Palabra sobre palabra.*

César GONZÁLEZ RUANO. Madrid, 1903-1965. Se consideraba un escritor de periódicos. Su importante labor periodística eclipsó su novelística y sus poemas. Publicó más de veinte libros poéticos. Obra: *Mediodía, Canciones sin remedio.*

José Agustín GOYTISOLO. Barcelona, 1928. Su poesía, irónica, directa, emotiva, ha conectado con un público amplio. Perteneciente a la Promoción del 50. Poemas suyos han sido cantados. Obra: *Salmos al viento, A veces, un gran amor.*

Félix GRANDE. Mérida (Badajoz), 1937. Fue director de *Cuadernos Hispanoamericanos.* Estudioso del flamenco. Obra: *Blanco spirituals, Biografía.*

José Luis HIDALGO. Santander, 1919-1947. Su obra es breve y se compone de *Raíz, Los animales* y *Los muertos,* su libro capital. Los poemas aquí incluidos no están recogidos en ninguno de esos libros.

Concha LAGOS. Córdoba, 1913. Editó la revista poética *Ágora* y ha escrito ensayos sobre sus contemporáneos. Obra: *La soledad de siempre, Canciones desde la barca.*

Ricardo MOLINA. Puente Genil (Córdoba), 1917-1968. Fue profesor de instituto y uno de los fundadores de la revista *Cántico.* Obra: *Corimbo, Cancionero, Elegías de Sandúa.*

Rafael MONTESINOS. Sevilla, 1920. Reside en Madrid, donde fundó en 1952 la Tertulia Literaria Hispanoamericana, que aún pervive. Especialista en Bécquer. Obra: *Canciones perversas para una niña tonta, El libro de las cosas perdidas, Las incredulidades.*

Enrique MORÓN. Obra: *Paisajes del amor y del desvelo.*

Carilda OLIVER LABRA. Autora cubana, que en 1949 obtuvo el Premio Nacional con *Al sur de mi garganta. Discurso de Eva* es una antología que recoge parte de su obra, en la que el amor siempre fue preponderante.

Carlos REVIEJO. Tiemblo (Ávila), 1942. Maestro. Autor de textos para libros de enseñanza. Obra: *Animalario en adivinanzas, Como el aire que respiro.*

Carlos SAHAGÚN. Onil (Alicante), 1938. Premio Nacional de Literatura. Obra: *Estar contigo, Memorial de la noche.*

María del Pilar SANDOVAL. Escritora española del siglo XX.

J. M. Santiago CASTELO. Granja (Badajoz), 1948. Periodista. Ha dirigido varias revistas poéticas y ha promocionado la poesía española en América. Premio Fastenrath. Obra: *Memorial de ausencias, Como disponga el olvido.*

José Ángel VALENTE. Orense, 1929. Su poesía ha evolucionado desde un localismo hacia la interiorización, preocupado por el lenguaje y el ser. Obra: *Punto cero, Mandorla.*

Luis Antonio de VILLENA. Madrid, 1951. Ha publicado ensayos, novelas y poesía. Biógrafo de Oscar Wilde y antólogo de joven poesía española. Obra: *Huir del invierno.*

AGRADECIMIENTOS

Queremos agradecer la colaboración y/o la autorización para reproducir los poemas a los siguientes poetas o a sus correspondientes herederos, propietarios de los *copyright* de los poemas: Manuel Altolaguirre, Luis Eduardo Aute, Ignacio B. Anzoategui, José Bergamín, José Ángel Buesa, Ernesto Cardenal, Luis Cernuda, Emilio Carrere, José Coronel Urtecho, Gerardo Diego, Javier Egea, Fabio Fiallo, Ángela Figuera Aymerich, Eugenio Florit, Federico García Lorca, Luis García Montero, Ángel González, Enrique González Martínez, César González Ruano, José Agustín Goytisolo, Félix Grande, Miguel Hernández, José Luis Hidalgo, Pablo de Jerica, Juan Ramón Jiménez, Concha Lagos, Alicia Larde, Dulce María Loynaz, Leopoldo Lugones, Juan José Llovet, Luis Martínez Kleiser, Manuel Machado, Gabriela Mistral, Ricardo Miró, Ricardo Molina, Rafael Montesinos, Enrique Morón, Elisabeth Mulder, Elías Nandino, Pablo Neruda, Carilda Oliver Labra, Carlos Reviejo, Blanca de los Ríos, Carlos Sahagún, María Pilar Sandoval, José Miguel Santiago Castelo, Pedro Salinas, Alfonsina Storni, Jaime Torres Bodet, Miguel de Unamuno, José Ángel Valente, Xavier Villarrutia, Luis Antonio de Villena.

Quiero dar las gracias también a los colegios San Ignacio, Luis Amigo y al Instituto Plaza de la Cruz, los tres de Pamplona, y al Instituto José Manuel Blecua de Zaragoza, por su voz y su voto en este libro, así como a los profesores Andrés Martín y Ramón Acín. También quiero agradecer los desvelos y la paciencia de Javier Goñi y Antonio L. Bouza, amigos que me dejaron saquear su amplia biblioteca. En la del segundo hallé una rareza: *Álbum poético. Colección de composiciones inéditas de los notables escritores de España*, edición no venal de 1890, regalo «a los señores suscriptores de *La Ilustración Ibérica*»; un libro de circunstancias realizado por autores desconocidos actualmente, de donde he rescatado cinco poemas —sencillos, pero eficaces— que han despertado el interés de una mayoría de los jóvenes lectores participantes en esta antología consultada.

A ellos también va dedicada esta obra.

ÍNDICE DE POEMAS

¿A qué me lo decís?... 41
A una violeta 72
A unos ojos 56
Abril 84
Adolescencia 83
Al perderte yo a ti... 126
Amor: está atardeciendo... 162
Amor eterno 65
Amor oscuro 112
Apaisement 36
Aparición primera 125
Aparte 42
Aquel beso 34
Ausencia 94
Balada 102
Beso pequeño 164
Besos 129
Canción 172
Canción de amor 115
Canción de las voces serenas 98
Canciones para la soledad 116
Cantares 45
Cantos rodados 171
Celos 58
Cercano jardín 139
Como un pájaro 128
Comprendo que tus besos... 27
Cuando vayamos al mar... 78
De alguna manera... 146
De la otra orilla 142
De sólo imaginarme... 90
Dedicatoria 136
Desde que tú me miraste... 47

Desdén 43
Despedida 170
Elegía X 167
Elegía XII 131
En un álbum 60
Escucha abandonada 150
Eternidad 100
Farewell 108
Gota 93
Indecisión 53
Inventar la verdad 80
La balada del amor tardío 118
La desesperación 117
La despedida 86
La forma de querer... 114
La hora oportuna 99
La luna, sí, la luna 152
La llama del amor 28
Labios bellos, ámbar suave 160
Las garzas 70
Lección final 134
Lejos de abril 145
Lo más natural 32
Los mejores ojos 54
Los suspiros son aire... 71
Madrigal 30
Margarita 55
Martirio 35
Mátame 52
Me he quedado sin pulso y sin aliento... 155
Me fui contando los pasos... 154
Mira si seré torpe... 148
Mis ojos acariciaron... 79
Nada más 143
Ni vivir puedo en tu ausencia 67
No adoro la hermosura... 62
No es el amor eterno 166
No me canso, mi amor... 135
No me has querido... 156
No sé cómo mirar para encontrarte... 97

¡Oh, cuál te adoro...! 31
¡Oh, esta sed de ternura...! 85
Oración 82
Pena bien hallada 104
Pensándolo de pronto 140
Plenilunio 64
Poema de la despedida 159
Poema del renunciamiento 147
Poema 20 120
Por debajo del agua... 161
Por recoger tus huellas... 149
Por rincones de ayer 157
¡Qué a gusto sería...! 59
Quiéreme porque te quiero... 158
Remembranza 89
Renuncio a morir 137
Rimas 77
Risas amargas 96
Rondeles 44
Si el hombre pudiera decir... 110
Si en mi tristeza repara... 40
Si me llamaras... 111
Si me quieres, quiéreme entera... 92
Si mis manos pudiesen... 95
Sobre el amor 48
Sobre la falda tenía... 50
Soledades 109
Tarde 103
Te estás muriendo de mí... 127
Tengo miedo a perder la maravilla... 88
Triolet 63
Tus ojos 105
Última rima 66
Un día 107
Un recuerdo y un suspiro 37
Vienes a mí... 33
Volverán las oscuras golondrinas... 73
Yo estoy solo en la tarde... 144

ÍNDICE DE AUTORES

Manuel Acuña: 27
Manuel Altolaguirre: 112
Manuel Amor Meilán: 47
Ignacio B. Anzoategui: 82
Luis Eduardo Aute: 146
Gustavo Adolfo Bécquer: 41, 50, 65, 71, 73
José Bergamín: 158, 171
Juana Borrero: 66
José Ángel Buesa: 147, 159
Dolores Cabrera y Heredia: 72
Ramón de Campoamor: 46, 57
Cecilia Camps: 58
Ernesto Cardenal: 126
Emilio Carrere: 96, 99
Julián del Casal: 44
Luis Cernuda: 110
César Conto: 54
Carolina Coronado: 31
José Coronel Urtecho: 115
Rubén Darío: 55
Gerardo Diego: 87
Javier Egea: 148
Augusto Ferrán: 59
Fabio Fiallo: 64
Ángela Figuera Aymerich: 130
Eugenio Florit: 116
Federico García Lorca: 88, 95, 103
Luis García Montero: 136, 149
Ángel González: 155
Enrique González Martínez: 33
Manuel González Prada: 63
César González Ruano: 125

José Agustín GOYTISOLO: 143, 150, 157
Félix GRANDE: 164
Teodoro GUERRERO: 28
Miguel HERNÁNDEZ: 104
José Luis HIDALGO: 128, 139, 156
Francisco A. de ICAZA: 42
Pablo de JERICA: 49
Juan Ramón JIMÉNEZ: 79, 83, 84
Concha LAGOS: 127, 154
Alicia LARDE DE VENTURINO: 85, 90
Juan José LLOVET: 77
Dulce María LOYNAZ: 78, 92, 100, 118
Leopoldo LUGONES: 35, 40, 43
Manuel MACHADO: 94
Manuel MAGALLANES: 36
T. MARTÍNEZ BARRIONUEVO: 52
Luis MARTÍNEZ KLEISER: 106
Ricardo MIRÓ: 70
Gabriela MISTRAL: 102
Ricardo MOLINA: 132, 153, 169
Rafael MONTESINOS: 140, 144, 172
Enrique MORÓN: 170
Elisabeth MULDER: 89
Elías NANDINO: 97
Pablo NERUDA: 108, 121
Amado NERVO: 30, 32
Carilda OLIVER LABRA: 135, 163
Manuel S. PICHARRO Y PERALTA: 62
José María PLAZA: 145
Carlos REVIEJO: 166
Blanca de los RÍOS LAMPÉREZ: 68
Carlos SAHAGÚN: 138
Pedro SALINAS: 111, 114
María del Pilar SANDOVAL: 142
J. M. SANTIAGO CASTELO: 134
T. SENDEROS: 53
Alfonsina STORNI: 93, 107
Jaime TORRES BODET: 98, 109
Miguel de UNAMUNO: 34

José Ángel Valente: 161
Xavier Villarrutia: 80, 117
Luis Antonio de Villena: 160
Juan Clemente Zenea: 60
José Zorrilla: 38

ÍNDICE

HISTORIAS DE AMOR Y POESÍA (Una introducción) 9
PRIMERA PARTE
Comprendo que tus besos... (Manuel Acuña) 27
La llama del amor (Teodoro Guerrero) 28
Madrigal (Amado Nervo) 30
¡Oh, cuál te adoro...! (Carolina Coronado) 31
Lo más natural (Amado Nervo) 32
Vienes a mí... (Enrique González Martínez) 33
Aquel beso (Miguel de Unamuno) 34
Martirio (Leopoldo Lugones) 35
Apaisement (Manuel Magallanes) 36
Un recuerdo y un suspiro (José Zorrilla) 37
Si en mi tristeza repara... (Leopoldo Lugones) 40
¿A qué me lo decís?... (Gustavo Adolfo Bécquer) 41
Aparte (Francisco A. de Icaza) 42
Desdén (Leopoldo Lugones) 43
Rondeles (Julián del Casal) 44
Cantares (Ramón de Campoamor) 45
Desde que tú me miraste... (Manuel Amor Meilán) 47
Sobre el amor (Pablo de Jerica) 48
Sobre la falda tenía... (Gustavo Adolfo Bécquer) 50
Mátame (T. Martínez Barrionuevo) 52
Indecisión (T. Senderos) 53
Los mejores ojos (César Conto) 54
Margarita (Rubén Darío) 55
A unos ojos (Ramón de Campoamor) 56
Celos (Cecilia Camps) 58
¡Qué a gusto sería...! (Augusto Ferrán) 59
En un álbum (Juan Clemente Zenea) 60
No adoro la hermosura... (Manuel S. Picharro) 62
Triolet (Manuel González Prada) 63
Plenilunio (Fabio Fiallo) 64
Amor eterno (Gustavo Adolfo Bécquer) 65

Última rima (Juana Borrero) ... 66
Ni vivir puedo en tu ausencia... (Blanca de los Ríos) ... 67
Las garzas (Ricardo Miró) ... 70
Los suspiros son aire... (Gustavo Adolfo Bécquer) ... 71
A una violeta (Dolores Cabrera) ... 72
Volverán las oscuras golondrinas (Gustavo Adolfo Bécquer) ... 73
SEGUNDA PARTE
Rimas (Juan José Llovet) ... 77
Cuando vayamos al mar... (Dulce María Loynaz) ... 78
Mis ojos acariciaron... (Juan Ramón Jiménez) ... 79
Inventar la verdad (Xavier Villarrutia) ... 80
Oración (Ignacio B. Anzoategui) ... 82
Adolescencia (Juan Ramón Jiménez) ... 83
Abril (Juan Ramón Jiménez) ... 84
¡Oh, esta sed de ternura...! (Alicia Larde) ... 85
La despedida (Gerardo Diego) ... 86
Tengo miedo a perder la maravilla (Federico García Lorca) ... 88
Remembranza (Elisabeth Mulder) ... 89
De sólo imaginarme... (Alicia Larde) ... 90
Si me quieres, quiéreme entera... (Dulce María Loynaz) ... 92
Gota (Alfonsina Storni) ... 93
Ausencia (Manuel Machado) ... 94
Si mis manos pudiesen... (Federico García Lorca) ... 95
Risas amargas (Emilio Carrere) ... 96
No sé cómo mirar para encontrarte... (Elías Nandino) ... 97
Canción de las voces serenas (Jaime Torres Bodet) ... 98
La hora oportuna (Emilio Carrere) ... 99
Eternidad (Dulce María Loynaz) ... 100
Balada (Gabriela Mistral) ... 102
Tarde (Federico García Lorca) ... 103
Pena bien hallada (Miguel Hernández) ... 104
Tus ojos (Luis Martínez Kleiser) ... 105
Un día (Alfonsina Storni) ... 107
Farewell (Pablo Neruda) ... 108
Soledades (Jaime Torres Bodet) ... 109
Si el hombre pudiera decir... (Luis Cernuda) ... 110
Si me llamaras... (Pedro Salinas) ... 111
Amor oscuro (Manuel Altolaguirre) ... 112
La forma de querer... (Pedro Salinas) ... 114

Canción de amor (José Coronel Urtecho) 115
Canciones para la soledad (Eugenio Florit) 116
La desesperación (Xavier Villarrutia) 117
La balada del amor tardío (Dulce María Loynaz) 118
Poema 20 (Pablo Neruda) 120
TERCERA PARTE
Aparición primera (César González Ruano) 125
Al perderte yo a ti... (Ernesto Cardenal) 126
Te estás muriendo de mí... (Concha Lagos) 127
Como un pájaro (José Luis Hidalgo) 128
Besos (Ángela Figuera Aymerich) 129
Elegía XII (Ricardo Molina) 131
Lección final (J. M. Santiago Castelo) 134
No me canso, mi amor... (Carilda Oliver Labra) 135
Dedicatoria (Luis García Montero) 136
Renuncio a morir (Carlos Sahagún) 137
Cercano jardín (José Luis Hidalgo) 139
Pensándolo de pronto (Rafael Montesinos) 140
De la otra orilla (María del Pilar Sandoval) 142
Nada más (José Agustín Goytisolo) 143
Yo estoy solo en la tarde... (Rafael Montesinos) 144
Lejos de abril (José María Plaza) 145
De alguna manera... (Luis Eduardo Aute) 146
Poema del renunciamiento (José Ángel Buesa) 147
Mira si seré torpe... (Javier Egea) 148
Por recoger tus huellas... (Luis García Montero) 149
Escucha abandonada (José Agustín Goytisolo) 150
La luna, sí, la luna... (Ricardo Molina) 152
Me fui contando los pasos... (Concha Lagos) 154
Me he quedado sin pulso y sin aliento... (Ángel González) 155
No me has querido... (José Luis Hidalgo) 156
Por rincones de ayer (José Agustín Goytisolo) 157
Quiéreme porque te quiero... (José Bergamín) 158
Poema de la despedida (José Ángel Buesa) 159
Labios bellos, ámbar suave (Luis Antonio de Villena) 160
Por debajo del agua... (José Ángel Valente) 161
Amor: está atardeciendo... (Carilda Oliver Labra) 162
Beso pequeño (Félix Grande) 164
No es el amor eterno (Carlos Reviejo) 166

Elegía X (Ricardo Molina) ... 167
Despedida (Enrique Morón) ... 170
Cantos rodados (José Bergamín) ... 171
Canción (Rafael Montesinos) ... 172
BREVE NOTICIA DE LOS POETAS ... 173
ÍNDICE DE POEMAS ... 187
ÍNDICE DE AUTORES ... 193